毛蟲・蝴蝶・女牧師

徐玉琼 著

毛蟲・蝴蝶・女牧師
作者／徐玉琼
總編輯／黃幗坤
美術設計／劉碧雲
出版發行／突破出版社
香港沙田亞公角山路33號突破青年村
電話：2632 0000　傳真：2632 0388
電郵：breakthrough@breakthrough.org.hk
網址：http://www.breakthrough.org.hk
http://www.btproduct.com
承印／陽光印刷製本廠
2013年10月初版1刷

Tsui is Emerging from a Cocoon
by Pastor Tsui
First Printing, First Edition, October 2013

Printed in Hong Kong
ISBN 978-988-8246-00-7

誠邀閣下就突破出版社的書籍發表意見。
歡迎加入突破書籍 Facebook — http://www.facebook.com/btbooks
本書採用環保油墨印刷

連結上帝連結人

心　靈　關　顧

關懷、連繫、復和、

溝通、對話……

凝視心之脈動，

直到重新尋獲自己的心。

生　命　禮　讚

目錄

5 | 蝴蝶變牧師

6 | 外一章：我的傷羊

序一 —— 徐心所願

「徐徐」是我們對徐玉琼牧師的暱稱。打從突破青年村建築時期開始，我就認定她是我的牧者和朋友。她用了創意的開工儀式，讓地盤工人安心施工，後來，她牧養「方舟」羣體，我們共同在青年村工作，見面認識多了，更佩服她處事堅守原則，對主，更是單純專一。

後來，徐徐邀我在《時代論壇》與她同寫一個專欄，那麼美好的建議，當然樂意加入。難得她連專欄名目都想好了，是從詩篇禱文中聯想至我倆的姓氏，雖然怎麼寫，都無法表達對上主的感謝；我們執筆，還是以心回應。

我問她準備寫什麼，她以一貫的直率爽朗說：「都是好人好事」。最想寫的，是她所牧養的傷羊，和他們的故事。

她總是以弱勢者為念，尤其往往被忽略的殘障人士，話都說不清，徐徐不單聽懂了，為他們翻譯，又代為發聲。記得她幫助傷羊開畫展，替他們爭取機會出書發表等，勞心勞力，都是希望更多人明白他們的內心世界。過程曾遭遇難堪的事情，有委屈的眼淚，卻無阻她的堅持，繼續無私服侍這羣人。十多年來，「方舟之家」把傷健共融，互為祝福，帶着獨特使命，建成甘苦與共的羣體。

「徐李以外」的專欄，正好讓徐徐直接書寫，三年以來，她愈寫愈暢快。雖然她說自己沒受過寫作訓練，有點兒「字卑」，我卻認為她快人快語，是一個自然抒寫的作者，有情有義的內容，本身就能感人。她中小學時代的作品已被賞識，本來具備優秀潛質，可以在寫作路上有系統發展，但她認定上帝的呼喚，寧為傷弱者的牧人。

有幸為她出版第一本書，那是她成長歷程的故事，敘述信仰如何幫助她走出陰霾，經歷上帝的醫治和安慰。許多年之後的今天，她的新書面世了，正屆她邁向人生另一階段，這束專欄文章也可視為見證。當我們的生命遭逢轉變，面對考驗，上帝依然親近，顧念體恤。記得有次她私下讚美禱告的時候，即興往凳子上站，鼓掌稱讚所愛的耶穌。這麼活潑的互動關係，給予我深刻印象。

在此祝願我們這位仗義的牧者，在下一程，帶着彩蝶翩翩的嚮往，跟隨主，悠然共舞。

李淑潔

序二——獨樹一幟的徐玉琼

第一次與素未謀面的玉琼相見於我的家。十多年前一個秋日黃昏，我及鄰居們邀請了新知舊雨到小村莊來開燒烤派對，當中有來自不同婦女組羣的二、三十位女士，加上小村莊的左鄰右里，整個小山谷充滿笑聲，新相識舊朋友濟濟一堂。玉琼按時應約，我在門前迎接，彼此寒暄一番。她，一頭瀟灑的短髮，一把爽朗清脆的聲音，加上一臉稚氣的笑容；瞬間，這位沙田宣道會女傳道已融入人羣中，談笑自若。這是玉琼留給我的第一個印象。

日後與她再相遇於突破的事奉路上，那時候，她是「方舟之家」主任牧師，仍是一貫的清朗爽快。自此，交往更頻密，彼此近距離認識。玉琼爽朗豪邁的性格，或許遺傳自父母親。然而，你若多了解其原生家庭多方多面的背景，及其個人成長的段段艱辛，也許與我一樣，欽佩其不捨的決心、創路的勇氣及過人的堅毅；也會驚歎造物主的神奇帶領及生命更新。獨樹一幟的玉琼，率性自然，愛恨分明，與人交往不修飾矯作，以真性情待人，更毫不吝嗇分享自己曲折傳奇的人生歷程。

玉琼習慣定期退修，彼此氣味相投，因此經常相約往思維靜院。她喜歡小島的寧靜與熱鬧，特別鍾情於長洲，踏足小島便如魚得水，還談笑日後退休居此一樂也。除了退修，我們偶爾結伴在港或國內度假遊玩。大嶼山、大小梅沙、上海及北京等地，皆有我們及友人共享的美好回憶。與她近距離作伴，我倆分享無界限：女兒家的心事、家庭關係、事奉高低，到對城中大事的看法……她更是最早期知悉我遇上意中人，並定期為我倆祈禱的好姊妹，借此衷心感謝。

玉琼是說故事的能手。有一回，她送我一本《彩虹下的方舟》，一書在手我便停不了，方領教她述人敍事的本領。她觀察入微，行文時捕捉一個又一個觸動人心的小舉措。其文章生動有趣，極具「人氣」，沒有高言大志，卻自創雋永的本土金句，只要生於斯長於斯，定必能欣賞其「傳神」之處。不可不知，玉琼每次講道皆認真書寫預備，可謂日子有功，操練有素矣。玉琼還喜歡填詞，且是發燒友，喜孜孜的跟誰誰上課，搖頭擺腦地做練習。有一天，若遇上她喃喃自語，非請勿擾，她可能正在製作個人最好的作品哩！

不諱言自己貪靚的玉琼，下廚更是了得。有一回，我們結伴遊玩，借得友人大嶼山的度假單位，在市場買好餸菜回家做飯，這才發現廚房沒有電飯煲，也沒有蒸鑊，她卻有本領在個半小時內弄好了一頓晚餐，奉上清蒸海上鮮及熱騰騰的白飯，好一個魔術廚師！化腐朽為神奇，正好是靈活機智的玉琼，在有限資源下牧養事奉的寫照；那邊廂，也見證了慈愛的主，如何看重、珍貴這個微小的女子。

李碧心

序三 —— 字裏人間

基督徒的文字工作者，總背負着過重的十字架，在創作的窄路上拖着艱難的步履前行，將肩頭的重壓轉為筆下的使命，比中國傳統「文以載道」的包袱更重。

《時代論壇》是華人教會一扇敞開的窗，讓人看到不同的健筆與卓思互動互勉，許是那份沉重的先知意識，作者多長於分析論述，反而失去輕巧之美，細膩之情，純樸之輕。本書作者徐玉琼牧師和李淑潔合寫的專欄「徐李以外」，是巨人的花園中的兩株奇卉，總教人眼前一亮，心靈一顫；生活中幾許美麗與哀愁，在兩顆成熟的女人心中，仍是綻放着芬芳。淑潔似蓮，在混沌世情中未曾污染，玉琼若梅，在寒霜中傲然綻放。

在「方舟之家」牧養多年，一份超越尋常的牧養情懷，令這位「傷羊媽媽」總是隨時隨地在不經意向你展現對人間苦樂的無窮想像。在這個愈來愈粗枝大葉的社會，能說不能做的年代，玉琼將這種想像付諸現實的經驗與能量，是最能震撼我的地方。

當愈多人習慣站在道德高地去批判和發泄的時候，玉琼卻用行動去説出心底的一句話：「我不會站在高處看別人的痛苦」，永遠用堅毅愛憐的眼神，凝望着那一羣被人忘記的傷羊，教我記起台灣作家曉風説過一句話：「上帝，她眼裏有祢」。

文字仿如作者的眼睛，帶領讀者走過生活的場景，進入心靈的花園，看見一個真實而毫無修飾的生命，在不經意間讓人感動，真的，我曾經在淚光中瞥見基督的十架，浮現在玉琼的字裏人間。

李錦洪
基督教《時代論壇》社長

序四 —— 我們都是受創的醫治者

天父真的愛「毛蟲」，我和太太 Ellen 是這條「毛蟲」的「珠朋久友」—— 三十年來，親眼見證毛蟲變蝴蝶，再變為牧師，成為「傷羊」、「健羊」的同行者和牧者。

不會忘記在三十年前我參與接見徐玉琼姊妹，她有志成為堂會的傳道人和幼兒中心的老師。她展示一幅代表她成長的圖畫，竟是漆黑一片！她也真誠分享她在貧困的家庭中成長，很早輟學，要在少年時做工支撐家庭，而且家中的關係十分緊張，造成不少創傷。

事實是我們都是「毛蟲」，《聖經》裏面「新造的人」正是描繪神再造之恩，是「蛻變」—— 毛蟲變蝴蝶！或借用盧雲導師（Henri Nouwen）的話：我們都是「受創的醫治者」（wounded healer）。是神的恩典、加上玉琼姊妹的竭力追求，全心將生命獻給基督；她成為神的使女，成為身體及心靈受創的羊羣的牧者。

我太太 Ellen 安息主懷之前，一直都是玉琼姊妹的同行者；Ellen 十分尊敬傳道人、牧師，她一直都稱她為徐牧師，並且在玉琼的家庭或牧會中出現考驗時，同心仰望主，經歷聖靈的安慰與能力。當 Ellen 在病患中，玉琼姊妹亦成為她的牧者。

書中所記載的全是真實生命故事，而且其中「毛蟲的家人」、「毛蟲的朋友」、「毛蟲悼念的『故人』」及「傷羊」，有一些我都認識，所以閱讀時特別親切、感動。

最感人的仍是「傷羊」的故事，徐玉琼尋找到她一生的「召命」，牧養身體及心靈受創的羊；他們的身體特別脆弱、感情份外豐富——經歷主的醫治、饒恕和牧養比一般人更深，因此愛主也比一般人更深，也特別真。我十分喜歡與他們一起敬拜，他們唱詩的音不準確、咬字不清晰——卻是心靈和誠實的敬拜，笑得開朗、哭得痛快！

這位天父所愛的「毛蟲」、「蝴蝶」、「牧師」是個真性情的人，沒有掩飾自己的喜、怒、哀、樂；因此容易受創、也會不經意中與他人關係緊張。祂的恩典、憐憫、能力每天都是新的；我們在這本書中看見神揀選、救贖、醫治、裝備、差遣的恩典浩大。但願這本生命故事成為更多信徒和牧者的祝福！

蔡元雲
突破機構榮譽總幹事

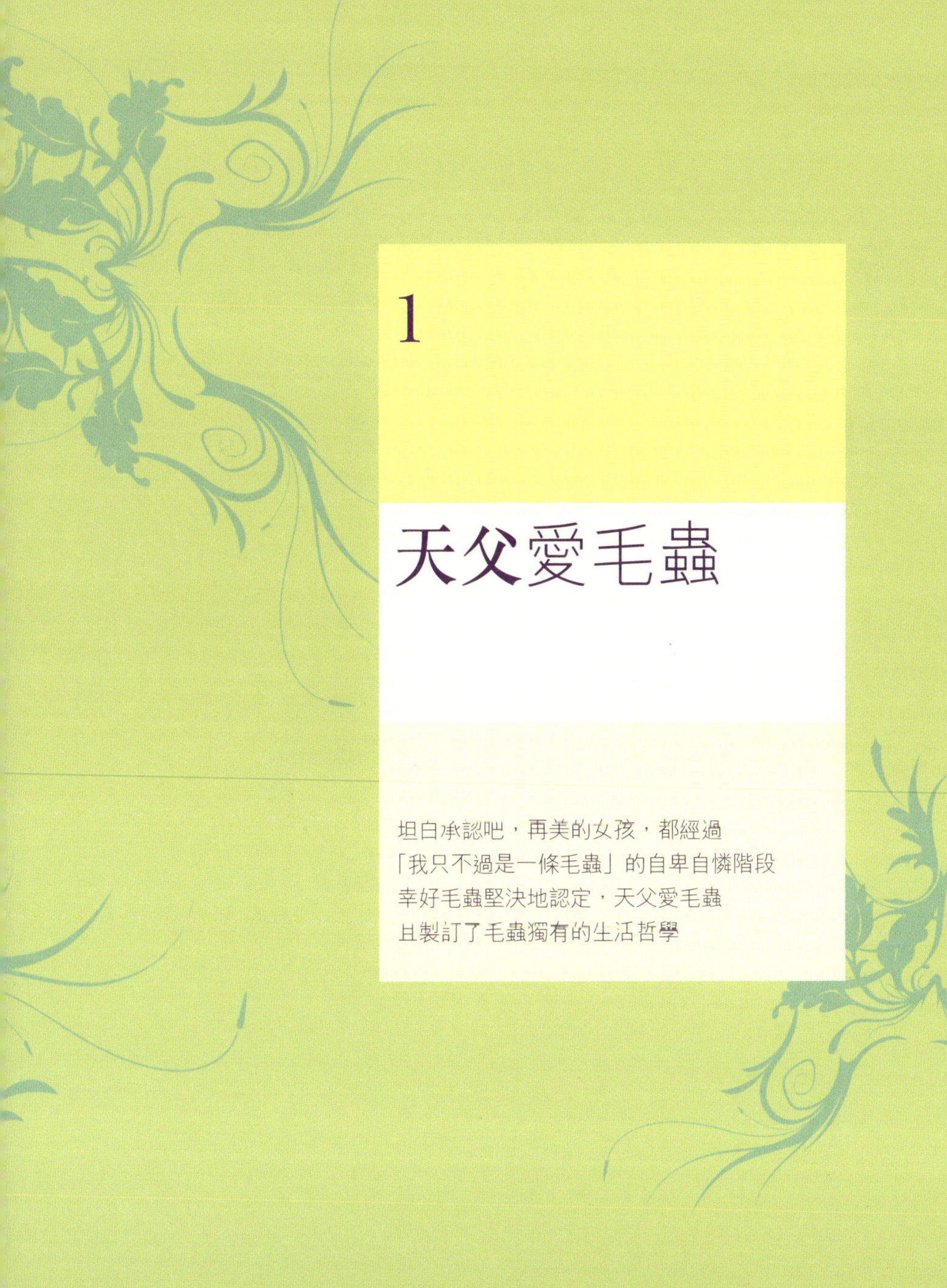

1

天父愛毛蟲

坦白承認吧，再美的女孩，都經過
「我只不過是一條毛蟲」的自卑自憐階段
幸好毛蟲堅決地認定，天父愛毛蟲
且製訂了毛蟲獨有的生活哲學

天台學校最後排（中）

徙置區的走廊

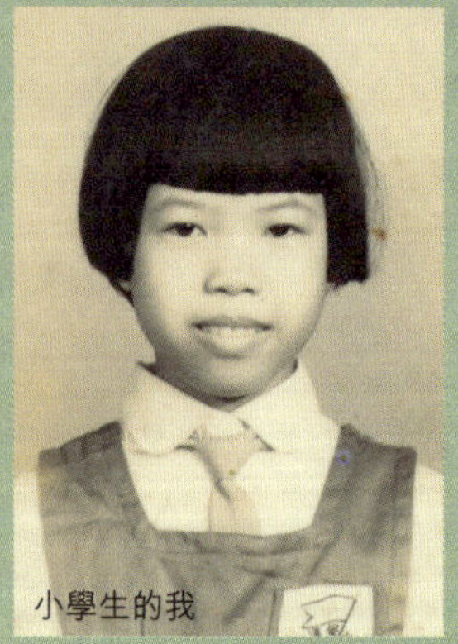

小學生的我

上帝愛醜女

「我真的虧欠了神，沒有好好的熟讀《聖經》，不敢向人傳福音，連愛主和愛人的心也不夠⋯⋯神怎會愛我？」信徒甲一臉愧疚地搥着胸說。

「我雖信主多年，始終經歷不到天父的愛，我覺得神愛所有人，但從來輪不到我，好的事情總沒有我的份兒，所以一直以來我和神的關係很疏離。」信徒乙歎着氣，傷感地說。

我真的聽過以上的說話，說的人都是信主多年的。信徒甲常活在「這也不足、那也不好」的自責自恨中，將天父的愛定作論功行賞；信徒乙則以為神的愛是有等級之分，要排隊輪候的。

哀哉！為什麼許多基督徒一直享受不到上主無條件的大愛呢？是教會的教導有所偏頗？你要守誡命、你要作見證、你要傳福音、你要榮耀神⋯⋯不然就得不着神的喜悅和祝福，還是信徒接受的只是一套「律法主義」的信仰，將上主看成了嚴厲的神；又或受了現實生活所薰陶——若要被愛，必須要有原因、有目的、有條件，或是有代價？

人世間的愛的確存在「功利主義」的成分，連至親的關係也是如此。

童年時代，我的妹妹們相繼出生，她們都是美人胚子，清麗可愛。有一次，父母抱着妹妹出外時，他們以為我睡着了（其實我只是在牀上裝睡），我聽到媽媽悄聲問爸爸：「帶不帶『阿冬』呀？萬一她醒來不見我們⋯⋯」（「阿冬」是我的乳名，因為我幼年時又胖又矮，像個小冬瓜。）怎料，爸爸立刻應道：「她這麼醜，不要帶啦，阿清（妹妹）漂亮，就帶她出街。」

爸爸不知道他這番話，對只有五六歲的我來說，影響何其深遠和巨大——那是我感受被嫌棄的開始，是我人生中第一件傷心事，也是令我因外貌長期自卑的源起。

稚嫩的我已經知道，原來漂亮才能討人喜歡。奈何我是一個醜女。為了博取父母的歡心，惟有盡力乖巧、勤奮和順命的做人，甚至委屈自己，我就在這樣的環境下長大。

幸好天資聰穎，信主後能接收天父無條件和完全的愛，可以活出自信和喜樂。我雖醜，天父沒有嫌棄我，予我既是天國公主之恩寵，也有天國使節的榮幸。

我的傷羊有身體殘障的，有臉容和全身扭曲痙攣的。儘管社會上有人不接受他們、懼怕他們，甚至歧視他們，這令他們更能享受上主無條件的大愛，更珍惜神兒女的尊貴身分。我常和他們說笑：「你們是天國的王子和公主呀！而我是上帝差來服侍你們的阿四呢！」

「因我看你為寶為尊；又因我愛你⋯⋯」（賽四十三 4）是上主給我愛的宣言，最窩心的金句。

我與妹妹

德國貝希特斯加登的森林區

德國國王湖

白色復活節

趁着安息年假 ，和友人去了意大利和德國享受十五天逍遙之旅。

在黃昏夕照下漫步羅馬的鬥獸場，別有一番滋味在心頭。今日的名勝遺址，卻是昔日血腥之地；今日遊人舉着相機歡愉嬉笑地留倩影，昔日卻是無數為主殉道者的痛苦嘶叫聲。翌日參觀梵蒂岡博物館，令我大開眼界。

後來，在佛羅倫斯的古橋上，發現兩旁竟是售賣金銀珠寶的店舖，而威尼斯主島上，一幫幫的遊客、一道道的拱橋、一艘艘的長舟，熱鬧中不失情韻。我和友人倒愛寧靜的彩色島，島上一幢幢排列整齊，被髹得五顏六色的房屋，煞是好看，穿插在街巷，慢步於小橋，處處如畫，真箇人間世外，我樂而忘返。

復活節前一天，由德國慕尼黑乘火車到了 Berchtesgaden（貝希特斯加登），是一個冷雨凄凄的下午。我們從不介懷天氣的好壞，既然不能控制，就只有隨遇而安。民宿主人 Mrs. Brandner 是一位優雅富泰的女士，一點也看不出她已經七十五歲，而下榻的房間清幽雅致，這裏真好，好戲卻在後頭。

復活節的清晨，窗外竟是大雪紛飛的白色世界，我驚喜又驚歎。一早計劃在德國度過復活節，沒料到竟是白色的復活節呀！（十六年前，我在溫哥華度過第一次白色聖誕，早已令我畢生難忘。）我不禁手舞足蹈，謝主隆恩一大輪後，才下樓吃早餐，和友伴互祝復活節快樂。屋主為我們預備了復活蛋，一彤紅一墨綠，焓得剛好，友人更大讚這是她有生以來吃過最好吃的焓蛋。

Mrs. Brandner 一臉愁容，帶着歉意說：「唉！今天天氣不好，真掃興！前幾天是春光明媚的呀！你們用那麼多的錢來這裏，竟碰上這般天時……」我們立刻回應：「噢！我們居住的香港是沒有下雪的，所以今日真是求之不得呢！我倆好開心哇！」她聽罷笑一笑，眉心舒展了。

出門前，我們將一切禦寒衣物穿在身上，兩隻雜色企鵝快樂地打着雨傘迎着漫天風雪去到「國王湖」（德國著名風景區），乘觀光船遊湖欣賞周遭的景色。

橫風橫雪（沒誇張，確實如此），冷入心脾，船上遊人都埋怨天公不造美，惟獨我倆笑瞇瞇，享受着難得的白色復活節。

哭牆下的淚人兒

耶路撒冷

朝聖之淚

在沙田堂事奉六年，之後開始享有一年的安息年假，是恩典，也是祝福。

信主至今，常冀望到聖地一遊。這一次夢想成真，神真的引導我去圓夢。

8 月中旬，懷着無比的興奮，以輕鬆跳躍的步伐，遠赴中東的六個國家。這趟朝聖之旅開闊了我的眼界，但更難得的是，心靈在路上曾經歷無數次的感動，淚落千回。

* * *

8 月 17 日

經過長途的車程，一行三十三人到達西乃山下的軍用機場旅社。時近黃昏，澄藍的天空漸變彤紅，遼闊的沙漠在斜陽下，呈現出安詳與靜澄。偶爾吹來的風沙，似是一首柔情的歌，送走正午的赤熱，飄來日暮的微寒。

大家匆匆地吃過晚飯，就上牀休息，因為凌晨 1 時，便出發登上西乃山觀看日出。

這一晚，適值圓月皎皎，辰星斗斗，照路如白晝，手電筒亦遠不及光華燦爛。月色如銀衣，披在西乃山上，襯托得連綿的山脈神聖而空靈，西乃傲然而立，卻又溫柔無限。

上山之時，想起摩西獨自一人，攀越高山的壯邁，比諸我舉步維艱，氣喘如牛，不禁對摩西更加佩服。體力稍為力有不逮，心靈卻絕對地快樂輕省，沿途哼着一首又一首的詩歌：「我要向山舉目，我的幫助從何而來……」「主啊我神，我每逢舉目觀看，祢手所造一切奇妙大工……」團中不乏「唱家班」，歌聲此起彼落，清邈綿蠻，好一個難忘美麗的晚上。

抵達西乃之顛，我頓時癡立無語，胸臆間仍在喘氣，不敢置信自己正踏足於這座聖山上。從黝黑到灰濛的天際，朝陽漸露的莊嚴雄偉，盡收錄在我心靈的眼睛內，永久儲在腦海中。

隨團兩位牧者都穿上當地人的服飾，帶領我們在山頭上作清晨敬拜。詩歌的讚頌，經文的默想，念及主恩之豐，主愛之厚，環視西乃山如夢似真，此情此景，我默默垂淚，但願將淚串成珍珠，呈獻主前，作為我的感恩祭。

* * *

8 月 23 日

耶路撒冷的哭牆下，我將積聚多時和等待已久的眼淚，傾瀉而出，哭中國的苦難，以及六四的國殤。

為了中東的漫天戰火、香港那不可預知的將來、教會的事奉和見證、硬心未信的家人，以及自己生命中多次的虧欠，一一都寫在紙條上，然後小心而敬虔地塞入牆罅內。我撫着光滑冰涼的哭牆，哭得涕淚淒零。

十多分鐘的禱告後，雙眼哭得通紅，準備掩着鼻子離開的當兒，赫然看見同團同教會的弟兄與我一樣，不禁相視苦笑。是的！人生若非有父神成為指望，那麼生存真是悲劇。

哭，不止於心頭的宣洩，更代表了信；信主必垂念，放心地交託，祂便會成全。

＊　＊　＊

8 月 24 日

提比哩亞海的清晨，我們有聖餐崇拜。

同樣的海邊，同樣的清晨，恩主曾向徬徨無依的門徒顯現，以早飯餵飽他們轆轆的飢腸，以恕、以愛、以信，委以牧養的重任。〈約翰福音〉21 章，不只是白紙黑字的記載，也不用再憑空想像，那一刻我正身處現場，像是諦聽主慈聲與彼得的共語，又似見彼得的悲喜萬狀。

我曾多次叫主心傷，那天跟彼得一樣，感激恩主既往不咎，亦難明救主何以仍在牧養的職事上使用我。一念及此，淚眼盈眶，團友都向我投以奇異的眼光。我不介意，也不解釋，只要主明白我悔罪的心就足夠了。

8 月 27 日

馬大、馬利亞從前在伯大尼的故居，如今已經變成一幢教堂。我們坐在小禮堂內，有另一次的聖餐崇拜。

牧師的信息，強調馬大、馬利亞姊妹倆的取向與抉擇。

他提及馬利亞選擇安靜坐在主旁，取得那上好之福的同時，亦付上了代價。她不單被姊姊馬大怪責投訴，也許亦會被鄰舍指指點點，説她是懶惰的女兒家，但她還是堅持她的抉擇。

不諱言我是現代的馬大，某方面可説十分懂得處事待人，心深處卻很容易忙亂、煩躁、批評和與人比較。我何嘗不是懇切地告訴主，願意學像馬利亞，安閒專注地靠近主，可惜不旋踵又如馬大般的「頻撲」不安。

主藉祂僕人的信息，向我召喚，祂一直等待我，忍耐我，從不斥責喝罵（因祂知我受不了！），主是何其仁慈。想到這裏，淚兒還是悄悄地從面龐滑落，我也在心中對主回應：「主，祢真好！請調校我心靈的向度，賜我安靜、渴慕的恩典，容我體會和認識祢更多。」

朝聖之旅中，還有很多難忘的片段，可惜未能一一敍述。二十六天的行旅生涯，走過的地方甚多，每到一處都不忘默禱數分鐘，讓心傾聽，讓神與我對話。人在、心在，不斷提醒自己，主在這旅程，我在這旅程，朝聖之旅有淚，願淚如祭，敬獻主前。阿們！

主禱文教堂

白雪公主

歐洲面對嚴寒，大雪紛飛，勾起了一段與大雪有關的回憶。

1996 年 12 月初，我首次去加拿大溫哥華，會友 K 牧師夫婦和岳母在機場迎接。那時滿心期待，以為可以一睹夢寐以求的白色世界，誰料車途中連半片雪花也欠奉。

問 K：「我想過一個白色聖誕，怎麼……」K 一邊駕車，一邊搖頭道：「難呀！這裏多數只是下幾場小雪，平均四年才有一次白色聖誕！」

也許一直期待這趟能夠過一次白色聖誕，聽見 K 的説話，我只有如小孩子撒野般，在車上大聲地禱告：「天父，請送我一個白色聖誕！我很難得才能來到溫市，請要多落雪！唔該！」三位會友見狀，不禁哈哈大笑！

12 月 19 日，天空開始飄來鵝毛雪花，漸漸愈下愈大，直至 1 月 2 日，打破溫市七十五年以來降雪最多、下雪最久的紀錄。整個溫市頓成雪國（我仍保存當時的報紙為紀念），歡喜若狂的我，無懼寒冷，天天獨個兒走進公園，時而躺在四野無人的雪地上，任由雪花灑面，甚至張開大口以「食雪」為樂；一時在雪地上手舞足蹈，敬拜狂歌；一會兒又跑到高聳的松樹下，捉着松葉端說：「握握手做個好朋友。」我逐一與松樹握手，披在松葉上的厚雪「嘩啦嘩啦」地掉下來，我樂得像個小孩子。

K 夫婦駕車帶我到處賞雪，眼前的竟是如聖誕咭般的白皚皚雪景，美麗而謐靜，令我神馳目眩。事隔多年，依然歷歷如昨。

平安夜，被邀到 K 夫婦的會友家中，享用聖誕大餐。二十多人在大廳裏圍聚，歡樂溫馨。K 告訴他們，我在車上的祈禱，各人聽罷即流露難以置信的神情，其中一位甚至說：「天父真的愛你，我來溫市多年，從未見過如此大雪。」

我心中豈會不知？在天父的寵愛中，禱告蒙允，如願得償，我過了一個美麗、寧靜、安詳且快樂的白色聖誕。那一年，我深深享受做一位被天父所愛的「白雪公主」。

加拿大班芙

2

毛蟲與家人

哭一起哭，笑一起笑
印象最差的媽媽有一百分
最惡的爸爸是英雄
屁可以隨便放
搶吃雞腿來宣示權利
不出席飯局抗議「例遲」一族
毛蟲在家中眼中是烈女
毛蟲以最強烈的愛愛着毛蟲家族

我一邊照顧弟妹，一邊在走廊做功課。

我給媽媽一百分

八、九歲那年，家住香港西營盤第三街餘樂里一幢三層高的舊唐樓。60年代初，生活匱乏的貧苦大眾，一家幾口擠在幾十呎的板間房內，一屋多戶，只能共用廚房和浴室，環境相當惡劣。

父母都出外謀生，早出晚歸，家中的子女就由大的照顧小的。那年代的孩子都聽教聽話，懂事生性，居長的成了半個父母，照顧弟妹，持家理務，而我就是其中一個乖孩子。

一天下午，我背着一歲多的小妹，拖着四歲和六歲的妹妹，三四個小鄰居緊隨其後，我有如統帥般帶着他們到附近的小公園。剛踏出門口，住在另一幢木樓的女孩見我們如此高興熱鬧，就嚷着要跟我們一起去。忘記了什麼原因，我們不肯和她玩，結果惹怒了她，也忘記她怎麼手上會拿着一隻死老鼠，只記得她捉住牠的尾巴不斷打轉，而且大聲地威脅站在最前的我：「哼！若你們不跟我玩，我就將死老鼠扔過來！」

一向怕老鼠的我，立時嚇得魂飛魄散，但不甘向「惡勢力」低頭，又得保護背後一眾小嘍囉，也不知從哪裏來的神勇和膽色，迅速地在地上拾了一顆小石子向「惡妹」擲去。結果，一擊即中，居然打中她的額頭。只記得她丟掉那死老鼠後，捂着額頭哭着走，我驚得渾身顫抖。

擲傷了「惡妹」以後，心中冒起許多念頭，「惡妹」會否因此受傷致死呢？她的家人會否叫警察伯伯拉我坐牢呢？我再沒有興致出外，只得折返家中，而且千叮萬囑小嘍囉守着這個祕密。若然媽媽知道了，我可就慘了，她肯定打得我皮開肉裂，體無完膚的。

惶惶恐恐地度過了一個漫長的下午，傍晚時分，各家各戶的父母都陸續回來。媽媽正在廚房弄晚飯的時候，突然傳來大力的敲門聲，我在板間房內聽得清楚：「你的大女，用石頭擲傷我的孫女，你看！她的額頭又瘀又腫……」我一聽，就認出說着一口潮州話的是「惡妹」的嫲嫲。

「哎呀！對不起，我一定會好好的教訓這衰女包！」那是媽媽的聲音，她還說了許多賠不是的話，最後「惡妹」的嫲嫲離開了。甫聽見關門聲，躲在房內的我暗忖，這次大難臨頭。

豈知媽媽一打開房門，自言自語地說：「我的女兒絕不會欺負別人，肯定是她的孫女曳。」我怔怔地看着媽媽，原來被明白的感覺是這麼美好。

儘管事隔多年，而媽媽在我成長中，也留下了許多負面的記憶，但這一件事，我給媽媽一百分。

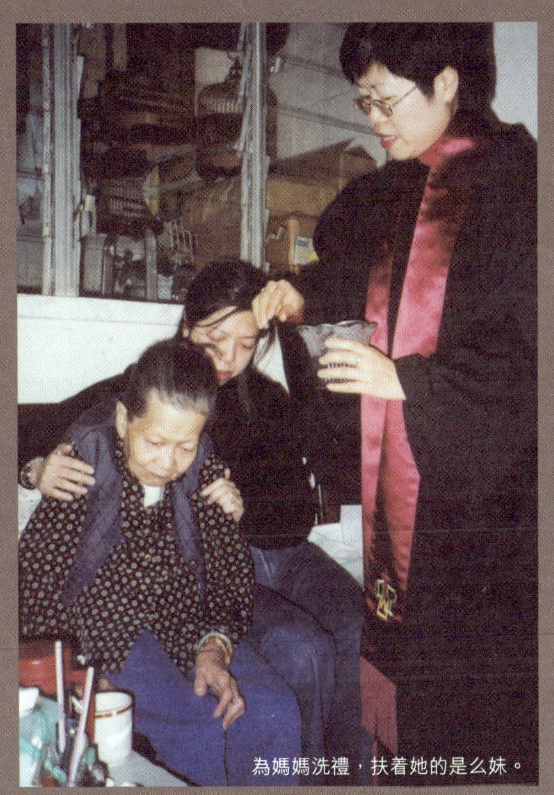

為媽媽洗禮，扶着她的是么妹。

家人和好友見證爸爸洗禮

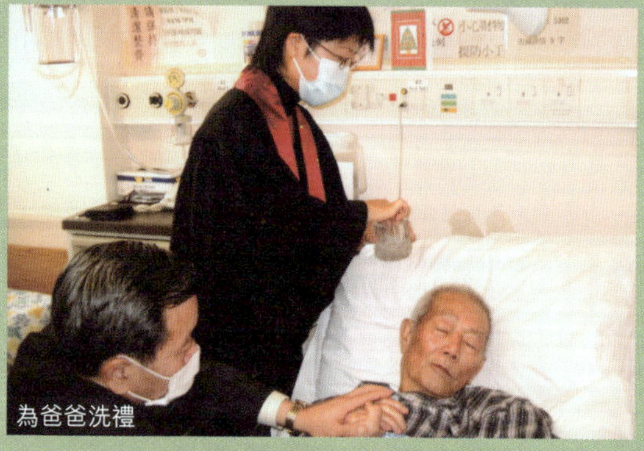

為爸爸洗禮

爸爸的眼淚

一直以來，我對爸爸充滿恐懼和仇恨。

他的脾氣暴躁剛烈，每次輸了錢、喝醉酒、和媽吵架，我和弟妹就活受罪。身為長女，我總首當其衝地吃盡苦頭，爸爸有如咆哮的獅子（猶幸不至出手傷人），但我常活在他的言語暴力中，尊嚴受創、形象受損，及至成年，甚至當了傳道人，一向說話流利的我，只要和爸爸對話，舌頭就好像打了結，心跳也不期然加速。

經過多年的輔導、心靈醫治、祈禱和成長課程的啟悟，我漸次明白爸爸，他自幼被父親寵壞，婚姻不和諧，加上人生許多的不如意，終於成為我口中的「獅子王」。他的本質不壞，也有許多值得子女欣賞與自豪的地方，例如爸爸為人行俠仗義，有兩位女孩早年喪父，只得寡母，家住九龍寨城（當年九反之地），為怕她們被人欺負，便公開認了她們為契女。他樂於助人，是屋村的「保長」，代人寫信、陪人去醫院，也會為人辦理喪事，亦曾參與民安隊的救援工作。

上主憐憫，使我與父親水火不容的關係最終得着醫治，遲來的父女情依然美麗溫馨。

2003年10月，爸爸確診患上末期肺癌，這消息把我和弟妹嚇壞了，因為爸爸的身體一向很好。我們立刻商討，為爸爸的治療作出安排，也為着他尚未信主而感到焦慮、憂心。

12月中的一個晚上，回家探望雙親，爸爸已經虛弱得臥在牀上。我坐在牀沿對他輕言細語：「爸爸，辛苦嗎？有什麼心願未了？我會盡力為你完成。」他搖搖頭道：「我心滿意足啦！只是……大妹（我的乳名），爸爸很想將藏在心裏多年的祕密告訴你，但你別告訴任何人……」他一邊說着，淚水從眼角潸潸流下，第一次看見爸爸流淚，心裏不禁惻然與憐惜。我用心聆聽，又用紙巾為他拭淚。

「爸，多謝你信任我，放心！我會保密。我為你祈禱好不好？」他嗚咽地說：「好！」我從未見過爸爸如此溫純，像一個乖孩子，我倆四手相握，向上主禱告，父女從未如此親密過。

那一夜，爸爸和我的手，流通着父女血脈相連的溫暖；爸爸和我的心，黏緊着父女天經地義的恩情。

爸爸的眼淚，不單沖走了一位女兒多年的恐懼和仇怨，更在眾親友的見證下，親自為父親洗禮，我用天父的大愛陪伴地上的父親走完人生最後的一程。

為爸爸穿軍裝

爸爸壯年時，曾加入民安隊。他的身型好，穿上制服，戴上帽子後，頓成了帥哥。人前英姿颯颯、威風凜凜，也時常向子女講述救人故事，例如八號風球出勤遇上山泥傾瀉，有人被困於鐵皮屋內，他和同儕如何冒死進入現場。聽得我們膽戰心驚，對爸爸景仰敬慕外，更視他為我們的守護神。

曾經和二妹念同一所夜中學，一晚放學回家，我倆走到四樓（徙置區沒有升降機），有三個「死飛仔」倚在走廊石牆向我和妹妹吹口哨，更說了一些輕佻下流話（妹妹當年十五六歲，我比她長五歲）。我們怕他們有所行動，只好加快腳步跑上五樓，直奔家門。一見爸爸，就把剛才被人輕薄的事件告訴他。他二話不說地衝出家門，妹妹緊隨其後，我沒料到爸爸的反應那麼快，只是呆雞似的站着不知所措。

不久，爸爸和妹妹回來了。「沒事啦！」爸爸只拋下這一句話，就逕自回房。

我輕聲問二妹：「剛才怎麼樣？」她說：「我隨着爸爸奔下四樓，那三個傢伙仍在那兒。爸爸一手執着其中一個的衣衫，狠狠的說：『好大的膽子！竟敢輕薄我的女兒！』之後就揮拳打向他的胸口，嘩！那衰人被打到跌出幾丈遠……」

一直以為爸爸對我們漠不關心，這件事卻讓我知道，原來他很着緊子女，而且為了保護女兒，竟然不顧一切。(被打的傢伙原來有黑社會背景，為此留有後患，在此不表。)

但是，當爸爸每天面對工作壓力、複雜的人事、試探和誘惑，又有誰去保護他？誰能明白他？請為爸爸禱告。

親愛的天父：

我們現在奉祢的名，為每一位父親祝福，求祢送他們全備的軍裝，好使他們能作天國的精兵，也在地上守護家園：

請為爸爸戴上救恩的頭盔
不容任何污穢邪惡的思想入侵，
使他常謹記祢是他的拯救者。

請將真理的帶子給爸爸束腰
使他活出祢的真理，能挺胸昂首不向罪惡低頭。

請給爸爸有公義的護心鏡遮胸
賜他在不公不義的事情上，
勇敢伸張正義，因知道必有祢保護。

請給爸爸的雙手有信德的籐牌，
又有聖靈的寶劍——就是神的道
助他既有信心的德行，又有祢的話抵抗一切的誘惑。

請為爸爸的雙腳穿上平安的福音鞋
使他在所到之處成為和平之子，活的見證，榮耀主名。

奉主耶穌名求，阿們！

認屍

爸爸是一個説故事的高手，繪影繪聲，生動吸引。他曾在市政局當仵工，專門為死於意外或自殺的人「收屍」。童年時，常常聽他講述許多「收屍」的恐怖故事，使我長期怕鬼怕黑，連媽媽到老也要亮着燈才能睡覺，一切都是父親之過。

直至做傳道多年，一次被迫參與趕逐邪靈的祈禱服事，親眼目睹福音的大能、耶穌基督之名的威力、神話語的震懾，以及詩歌祈禱的效應，不單把我的驚懼盡除，而且成為日後放膽在靈界戰爭中服事的動力。

A弟兄的父親本是健碩體壯的退休人士，潛水、行山，樣樣皆精，卻突然染上重病。他無法接受，竟擅自逃離醫院，在屋苑的平台一躍而下，重傷而亡。A弟兄正身處外地，只得以長途電話聯絡我，請我陪伴及協助他的弟弟辦理亡父的殯殮事宜。由於是自殺個案，我陪伴他的弟弟到富山公眾殮房認屍。作為牧者，自當義不容辭，但畢竟是女流之輩，最怕看見血肉模糊或臉容扭曲的場面。在警察核對證件，仵工領着我們去認屍的路途中，心中極為擔心，心臟呯嘭地響，直至掀開白布的一剎那⋯⋯

眼前沒有起初想像的血肉模糊，只是一張少許擦傷及瘀腫的遺容。我默然多謝天父，免去我的擔驚受怕。

2003 年 12 月 30 日的清早，大氣電波中鋪天蓋地傳來歌星梅艷芳的死訊，我同日也接到兩個死訊。早上六時許，我收到一位傷殘會友毛毛姊妹剛於北區醫院逝世的消息，立刻趕赴現場，安慰死者家人；十時半，妹夫來電說父親剛安息主懷，又立刻跑往醫院見爸爸的最後一面，還得壓抑自己的情緒，應對和安撫親友的哀哭悲愴。

2004 年元旦，我獨個兒在伊利沙伯醫院的殮房外，等候領取父親的遺體。事前曾問弟妹和妹夫們，哪個可以陪我同去，可是沒一個人回應，是不敢、不想還是不能？

當我望着父親那冰冷僵直的遺體，淚水如缺堤般湧流，心中無比孤苦淒楚。在紙上簽名以後，他就被運送去殯儀館。

我緩緩離去，那日陽光和煦，便向天揮揮手：「父親，天家再見啦！」抬頭禱告：「天父……」欲語淚先流。

鑽石與「朱義盛」

一天，媽媽跟我說：「你一直不結婚，四個妹妹已經爬了頭，也生了兒子，我和你爸打定輸數啦（我那年只四十開外而已）！」說着，媽媽把一個紅色絨面的小盒子遞給我，內附一張收據，打開一看，是一對鑽石耳環。然後，爸爸又將一個紅色絲絹小袋交給我，是一枚鑽石戒指。

「我和你媽送給你的，算是嫁妝。以後你嫁不嫁，由得你了。」這是爸媽少有地同聲同氣。

媽借機訓話說：「你呀！四十多歲人，仍戴『朱義盛』，失禮死人呀！女人過了四十要戴『真珠真鑽真金』，才有睇頭嘛！」老媽這套人生哲學我不敢恭維，也不認同，她每天穿金戴銀就好了。

在仿真度如此高的今天，真假難辨，有誰理你戴的是真是假呢？不過，在某些場合，我還是戴上父母所送的鑽戒或耳環，心中不禁甜絲絲。

有一次，我去粉嶺一間痙攣宿舍帶小組。臨近聖誕，我向他們講説天父將祂至愛的獨生子賜給我們的故事。為了引起話題，我請他們分享曾收過「最貴重的禮物」，於是我特意將父母所送的鑽戒和耳環給他們看，並試圖講出那種感激的心情。

小組完了，立刻趕去佐敦開會，之後也忘記曾到過什麼地方，直至晚上梳洗時才驚覺：「我的鑽戒和耳環呢？」我把衫袋、褲袋和手袋都翻遍，甚至連夜致電痙攣宿舍，請他們代為尋找，也一無所得。只得不斷思索今天到過什麼地方，有可能在哪裏失掉，但是始終茫無頭緒，呆坐半晚，無法入睡，便祈禱求神，希望失而復得，可是禱告落空。

我暗自生氣，怪責自己如此失魂兼「大頭蝦」，難怪弟弟曾給我「每日一漏」的諢號。我好生內疚，覺得對不起父母，失去了他們給我的「嫁妝」，不禁心痛又肉痛，也不敢將失鑽之事告訴父母，對弟妹也隻字不提。

我只有對自己說：「玉琼，一切都是身外物，算吧！你以後就戴『朱義盛』好了。」

在天上的老爹老媽，我向你倆說聲「對不起」，尤其是老媽，因為你的女兒，至今仍是一個戴「朱義盛」的女子，但請相信，我絕對沒有失禮你！

我所愛的「朱義盛」

放一個誠實的屁

政府特首和一眾高官（包括基督徒官員），都出現誠信問題，而且多番狡辯，推卸責任，以致民望插水，政府威信盡失，反政府的聲音愈來愈激烈。

何以高官們大話連篇卻面不改容，全無羞愧之心？為何不敢承認錯失？為何沒勇氣面對？他們的行為，令我想起我的姨甥女恩恩。

那一年，她三歲多，胖嘟嘟的好可愛，我一見她就眉開眼笑，常逗着她，玩得不亦樂乎。一次在她家中作客，大小擠滿十多人。男的大多在吹水閒聊玩紙牌，女的則勤快地下廚弄膳。至於幾個小朋友就圍在一起，玩作一團，一室歡樂喧天，好一幅幸福家庭圖。

突然，一陣臭氣，瀰漫全屋，大家同一動作——一手捏着鼻子，一手不地撥動，有人趕去開窗通氣，也有人問：「誰人放臭彈？」「我。」一隻小胖手快速地舉起來。所有人都望着恩恩「哦」了一聲後，舅舅這「搞笑鬼」說：「呵！原來是你製造毒氣事件，以後就罰你叫『麻原老恩』啦！」（那時，日本剛發生了地鐵毒氣事件不久，主腦人是日本奧姆真理教教主麻原彰晃。）我們隨即大笑起來，幾個小朋友更笑得像滾地葫蘆似的，指着她説：「恩恩真蠢呀！若是我就不會認，好瘀呀……麻原老恩！哈哈……笑死人啦……」

她沒料到大家有如此反應，小小的心靈受創，立即撲向母親的胸懷，委屈地放聲大哭，變了一個小淚人。媽媽摟着小女兒，好不心疼。母雞保護小雞的本能爆發，強悍霸氣，義正詞嚴地責備我們說：「你們委實太過分！恩恩那麼誠實和勇敢地承認放屁屁，你們不單沒有欣賞她，反令她難堪，你們要向她道歉！」事情往後如何發展，我忘記了，而姨甥女或許也忘記了這件瘀事。

這一幕卻永存在我的心中，時常提醒我：當孩子肯認錯，就要坦白從寬，並欣賞其勇氣和誠實，再循循善誘輔以教導，切莫責之懲之侮之辱之；當人承認過犯，知錯能改，應給予接納和寬恕，讓他重回正途，使他有翻身的機會。若然自己犯錯，甚至犯了罪，也別要逃避或隱瞞，這是給魔鬼留地步，令自己一生被撒旦操控。一國之君大衛，本是罪該萬死，但他勇於承認己罪後，經歷了上主的憐憫和饒恕，最後將錯事寫於歷史之中，讓千秋為鑑。

「我們若認自己的罪，神是信實的，是公義的，必要赦免我們的罪，洗淨我們一切的不義。」(約壹一9)

我的姨甥女，我愛瘋了。

守時守約竟是錯

熟悉我的人，都知道我是十分守時和守約的。

一旦答應替人辦事，就竭盡所能去做好，不誤時，也不誤事；一旦跟人約會見面，通常有早無遲，就算稍遲三、五分鐘，都會先致電對方交待和致歉，免人等候，怕人擔心。所以，行走江湖多年，都得蒙他人的信任與尊重。

我的做人原則，必須有誠信，一言既出，駟馬難追。若然時間也未能好好管理，休想我信任你。因此，我不屑與遲到一族為友，也曾為此而割蓆。遲到者總有千百萬個理由為自己辯護，只是他們忘記了遲到是不應該，其中無需解釋，只需道歉！

或許，有人因而覺得我為人偏執，甚至說我沒有愛心，欠缺體諒和包容，但是我還是堅持準時守約的原則。在教會，我也是如此，甚至甘願為這原則背負「惡牧師」之名。(可參考〈惡牧師與惡阿姨〉)

教會的傷羊喜歡在崇拜前先於突破青年村的餐廳吃早餐，他們平日在院舍的生活的確沉悶、單調和乏味，主日可以來「方舟」崇拜兼「歎個早餐」，實在是一件美事。我當然希望傷羊可以開開心心地過日子，但有些因吞嚥較慢，又要其他健羊協助餵食，遇上餐廳或「方舟」人手不足，或是復康巴士遲了到達，就會出現傷羊崇拜遲到的問題。為怕他們本末倒置，我還是決定要提醒他們，起初是輕言軟語，若不改善，就要疾言厲色。

敬拜神也敢遲到，成何體統？

多謝上主給我的傷健羊明白道理，願意進步，遲到的情況亦得以改善。

雖然在教會中，成功教導傷健羊守時，但在家族中，我的守時守約，竟然被責難與怪罪。

家族裏有慣常遲到者，連後輩也有此陋習。早年，體貼他們子女年幼，準時不易，我也不介意等待，但是現在子女已經長大成人，我仍是需要等待，心中難免有所不快，但珍惜一家共聚，為使氣氛能夠愉快溫情，每次出席飯局前，我也不斷調校自己的心情。

無奈的是，即使早作心理準備，他們遲到的情況卻愈來愈嚴重，一次遲到一小時，另一次也遲了半句鐘，全家十多人等着他。我覺得太過分，情緒被牽動，臉色不禁一沉，幸仍能按捺，沒有當眾發難，心想等待時機，私下提醒這位後輩要守時。沒料到一位家人先發制人，竟責怪我給他們壓力，又罵我不疼錫後輩。那是什麼道理？遲到無罪，錯竟在我！（或許，最錯是我太快令家人有壓力！）

這事以後，我曾反省多遍、思索多回，仍是意難平。

我不再給他們壓力，也不提遲到之事，因為我決定不再出席他們的飯局！

以淚送飯

一日三餐，幾乎是每天的指定動作，然而「以淚送飯」又有沒有試過？

媽媽知道我愛吃蓮藕。有一次，她為我煮了一鍋蓮藕鱆魚豬蹄肉湯，誰料切蓮藕的時候，鋒利的刀切去媽媽左手無名指的一片肉（約一角硬幣般大），頓時血流如注。

意外的時候，我上班不在場，對事情全不知情。

晚飯時，我還吃得津津有味，一點也沒留意母親的手指裹着厚厚的紗布。直至妹妹悄悄地告訴我，我才知道媽媽受傷了，那一刻卻說不出一句安慰感激的話。只是低着頭，滴着淚嚥下每口飯，心卻在痛。

* * *

妹妹新婚不久，夫婿要出外公幹，她不慣一個人住在新居，邀我留宿陪伴。

那一夜，她作廚娘，姊妹倆享受簡單但可口的晚飯。大家講起童年的往事，時而笑得半死，時而感觸淚下。

在那一天，我才知自己年少時輕狂暴躁，令弟妹心靈受傷。

原來我曾將妹妹的家課撕爛，也曾跟她大打出手，我對此毫無印象，對妹妹卻極為深刻。她說，她曾經很憎恨我這個「暴龍」姊姊。我鼓起勇氣向她道歉，姊妹相擁而泣，一抱解仇怨，以饒恕為菜餚，以感恩的淚水為湯，滋味無窮。

* * *

會友J弟兄到我家幫忙修理電器。正值吃飯時間，我順口一句：「如果方便，不如留下來吃餐便飯，只是莫嫌菜餚薄。」他埋頭在電器機件堆中，隨口說好。

吃飯的時候，他吃了幾口，突然眼泛淚光，我心感不安，便細問原因。

「不好意思。我在以前的教會，覺得牧師神聖不可親，只能遙遙地見他在講台上證道，談話也只有三五句，沒想到今晚竟然有幸吃牧師煮的飯……（他又落淚）老婆和我是『無飯』夫妻，母親也在我十歲時病逝，一直少有住家飯吃……」他哽咽不語，眼前昂堂七尺的中年漢，頓成了一個哀傷念母的小男孩。

原來，簡單的一頓飯，竟是如此重要的服事，不單改變了會友對牧師那不可親的錯覺，也能安撫了一顆早失母愛的心靈。

從此，我更喜歡接待弟兄姊妹到我家中作客，為羊兒下廚煮幾味，愈來愈發現飯桌上的牧養，最有果效，也最窩心。

年夜飯的雞腿

自出生至少年階段（50年代中到70年代中），香港的環境不如現代的繁華富裕。我和許多香港人一樣，是出身草根階層的貧苦大眾，過着朝不保夕的生活。十一、二歲就奉母親大人之命去見「二叔公」（去「當舖」典當）。放學回家，幾姊妹便拚命地穿膠花，換取當晚的買菜錢；平日吃的是清茶淡飯，麪包皮煲糖水已是裹腹又美味的下午茶點。在物質匱乏的日子，吃什麼都覺得美味，而從那時開始，我學會珍惜，不浪費食物，不介意吃隔夜餸，也不介意穿二手衫，有時也被家人揶揄，笑我「孤寒」，管他的！

童年時，我總是期待大時大節，因為再窮困的日子，過節總會吃得豐富一點。在徙置區長大的我，記得家家戶戶都炆冬菇的時候，整條走廊全是冬菇味，那味道依然在我的記憶中繚繞不散，而我也因而學曉炆冬菇的竅門，現在人人都讚我炆的冬菇不錯！

母親也會劏雞祭祖，然後將雞斬件，並將兩隻雞腿完整保留。晚飯時，她總是把其中一隻雞腿給她的獨生愛子（媽媽生了五個女，才有我的寶貝弟弟，他是媽媽吐氣揚眉的命根子）；另一隻就按着中國人的傳統美德，講求大的要讓小的。所以，身為長女的我不曾吃過雞腿，只有乖乖地看着弟妹吃得滋味，心想：「我什麼時候才有雞腿吃？」

長大以後，我開始感到不公平，便向媽嘀咕和投訴：「為什麼總是弟弟和小妹有雞腿吃？不公平！我幫你做家務最多，理應有分，不然就將雞腿斬件，然後大家分來吃！」我義正詞嚴地說，但媽永遠不理睬我，也不顧及我的感受。

後來，出來工作，有了賺錢的能力，在家裏就有了地位，積存多年吃雞腿的渴望，也是對媽媽重男輕女，以及長久以來鬱鬱不平的憤怒終於一併爆發，一觸即發，銳不可擋……

有一年的年夜飯，坐下以後，我第一時間夾起雞腿，放在自己的飯碗內，站起來，像革命烈士般慷慨激昂地說：「我以後都要吃雞腿！」然後，我不理他們的愕然，大口大口地享受着期盼已久的雞腿。我知道他們不會明白我那突如其來的舉措，也不去解釋以獲取家人的接納，只是心中感到滿足和痛快！

直至今天，我仍愛吃雞腿。若然與我同席，請不要和我爭吃，否則……

3

毛蟲的朋友

3.1

恩深義重

朋友乃時常親愛，弟兄為患難而生。
（箴十七 17）

一尿之恩

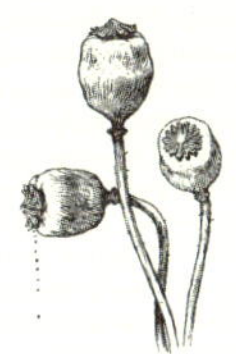

友人約我去中山玩樂，早上8時許便在沙田第一城坐巴士，出發往上環信德中心。開車不久，就有尿意，已暗叫不妙！（少年時，因病引致腎虛、尿頻，曾帶來多次尷尬難堪的經歷。）

快進入大老山隧道，急得臉色已經變得青白，心知若不盡快解決，定必當場出醜，但巴士沿途再沒有中途站，必須到達灣仔才可下車。惟有硬着頭皮，背着背囊走到司機面前，求他給我在隧道口下車。

他為難地說：「小姐，這裏不能停車的，你忍耐一下啦！過咗海就有站㗎啦！」過咗海？我死梗啦！

「求求你，我真的需要下車，不然⋯⋯」我差點淚灑當場。

他歎了一口大氣：「在隧道口由開線駛到埋線停車，很危險㗎！」

我知道背後所有乘客都緊張地盯着我，若有地洞，我早就鑽進去。那一刻，礙於生理需要，也只好繼續厚着臉皮跟司機說：「求求你⋯⋯」

司機大發慈悲，使出渾身解數地扭軚，最終把巴士停在隧道出口的路旁。一輛巴士突然停在隧道出口，事情非同小可，一位地勤人員立刻走來了解究竟。

他知道原委，便體貼地說：「小姐，我替你拿背囊，帶你去洗手間。」

司機立刻說：「我唔等你㗎！」我向司機千多萬謝，看着巴士絕塵而去。

「現在是繁忙時間，廁所在對面，等我 call 另一端的同事，叫車輛先暫停一會，不然無法過去。」那位地勤人員先跟我解釋，再與其他同事聯絡。我站在一旁，沒料到這件「小事」竟變成「大事」。

他利用對講機通知同事後，仍背着我的背囊，說：「小姐，跟我過去，快！」然後，我像逃亡似的，爭分奪秒地跟他跑向對面的大樓。

入到辦公室，他給我一卷廁紙：「洗手間在裏面。」我二話不說，衝進洗手間，頓時感到「舒服晒」。

對着救命恩人，我深深鞠躬，向他道謝。怎料，他竟細心地為我安排接駁車輛。

「這裏沒有巴士，連的士也沒有，我請同事送你去鑽石山地鐵站，別介意，只是一輛工程車。」我感動死了，連忙再三鞠躬。

上了車，向他揮手，他的身影漸遠。

為報這「一尿之恩」，我寫了一封謝函到有關機構，表揚這位絕世好人。

大澳恩人

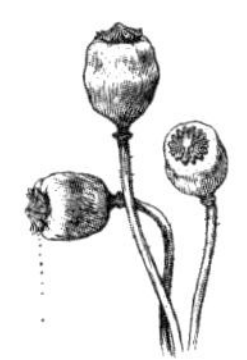

有一次，在大澳留了三日，住在會友朋友的度假屋，讓自己安靜退修。

每次去大澳，我總會探望伍綉球婆婆。她的丈夫在五年前去世，如今獨自守着開業六十多年的老舖「杏林藥行」，幸而身體和精神都能應付。今趟有機會請她午膳，之後，她更帶我去她的家中，一見人就喜孜孜地說：「她呀，叫我恩人呀……」是的！伍綉球是我的恩人。那是三十多年前的陳年舊事，卻清晰如昨……

十九歲那年的聖誕，一個嚴寒的晨曦，早得周遭仍是漆黑一片，媽媽把我從睡夢中叫醒，囑我小心帶着三妹（十五歲）和五妹（十一歲）。我們穿着三四條褲子，五六件衣服，瞇着三雙惺忪的睡眼，提着重甸甸的行囊走在清冽的冷風中。那時候，中國仍處於文革時期，生活極度匱乏，國家所配給的糧票、布票、油票根本不足以維生，人民的日子十分拮据艱難，所以在港的人都用盡方法接濟國內的親戚。我們三個被母親委以重任，到東莞賙濟舅父一家。

我們先到紅磡火車站，乘火車上深圳，再轉火車去東莞。我們在羅湖過關，周圍都是持着長槍的同志列隊把關，氣氛緊張；搜查行李的同志兇巴巴地將物品翻得七淩八亂，滿口北調的問這問那，並講出打稅的金額，我順手去取錢包，發現錢包不見了！我左找右尋都不見錢包的蹤影，心中不禁慌亂，只能繼續強裝鎮定，免得妹妹們受驚。

同志不耐煩地說：「你怎搞的呀！」我戰戰兢兢地答：「我不見了錢包，不知道是丟失抑或被偷……」他沒好氣地送我一個冷眼道：「我不管，你自己解決！下一個。」妹妹以惶恐的眼神瞪着我，我只得在心中呼求，請天父救我。

「你們在這裏等我，別走開，姊姊去問人借錢，很快回來。」然後，我立刻跑出大堂。大堂裏，人頭湧湧，人聲喧囂，我壯着膽子，硬着頭皮，不理顏面與尊嚴，大力地拍了幾下掌，大聲疾呼地說：「各位，我不見了錢包，無法過關，兩位妹妹還在裏面，未知有沒有好心人可借一百元（約今天的一千多元）給我應急，我必償還的。」我切切地看着一張張陌生的臉，等待着一位好心人出現。

「哈！別信她！騙人的呀！」「那麼大個人，如此失魂，真是……」人堆中，傳出不同的聲音，對我評頭論足，霎時間見盡世態炎涼。

忽然，一位身材矮矮胖胖的中年女士走到我面前，說：「大姐仔，這裏有一百元。你拿去吧，凡事小心謹慎。」她一邊說，一邊將錢塞入我冒汗的掌心。我將姓名、住址，甚至身分證號碼都寫給她，萬分感謝地說：「我回來後，必定還錢給你，請問你住在……」

我信守承諾。回到香港後，在三十多年前交通不便的情況下，千山萬水地來到大澳，把錢還給她，再次感謝她的「救命之恩」。

看着這位慈祥仁愛的婆婆，很想抱她一把，親她一下。

九妹

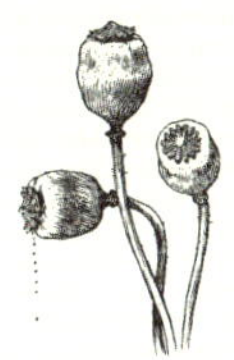

一提九妹，也許很多人就想起電視劇《巾幗梟雄——義海豪情》中，鄧萃雯飾演的鄭九妹，但我不是寫她，而是一位名叫九妹的護士。

九妹在一間護養院工作多年，服侍長期病患者及身體殘障人士。我有二十多位傷羊會友也是住在院內，探望他們的時候，就認識了她。從院友口中得知，九妹是一位樂於助人的好姑娘。我和她都是性格爽直的人，加上她也是主內姊妹，因此一見如故。

當中一對傷羊夫婦，我稱他們為朱伯、朱太，男的七十多歲，多年前脊椎受傷，導致半身不遂，加上年紀大身體出現許多毛病；女的也快七十，五十多歲時患上柏金遜症，近年更嚴重到全身僵硬，不能言語，長期卧牀。我常在他們牀邊讀經祈禱，關心這對患難夫妻，慶幸他們有一位孝順的獨子，每週必定前來探望。

幾年前，朱伯夫婦的兒子結婚，礙於不同的因素和困難，他們無法出席兒子的婚禮，加上他們的親戚都在國內或海外，香港沒有一個親人，我和九妹為他倆難過惋惜，兩個「傻人」突然心有靈犀，決意幫助朱伯夫婦出席兒子的婚禮，我倆擊掌為盟，務要達成此事。

雖然朱伯希望出席兒子的婚禮，卻為此行有所擔心，既擔心妻子身體應付不來，又憂心天冷受寒感染，也怕過程複雜，麻煩了我們。我和九妹都不以為意，各自負責不同的工作，九妹負責租用復康巴士，為兩老申請外出，並特意請假，擔任他們的隨行護士，按時餵藥，照料往返，而我負責安撫及增添他們的信心。

婚禮是星期日，主日崇拜一完，我立刻趕到護養院會合九妹，陪同兩老登上復康巴士，直接前往紅磡海逸酒店。

甫下車，我倆立刻為他們裝身打扮，整理儀容，推着輪椅上這對新翁姑出場。九妹的俠客丈夫被妻子邀來協助攝影和當跑腿，我們三人隨機應變。婚宴開始，九妹化身為「大襟姐」，協助朱伯夫婦接過新抱茶、派紅封包；席間，朱伯老淚縱橫，泣不成聲，我忙遞紙巾，輕拍其肩膊。在北京長大的他用一口純正的普通話邊哭邊說：「多謝你們……」而朱太竟能隨着丈夫說：「多謝！」九妹和我亦被感動得淚盈於睫。

上主的憐憫，讓這對患難夫妻終能看見兒子成家立室。

自此，每見九妹，總有一種肝膽相照、不用言宣的情誼和默契。

殯儀經理

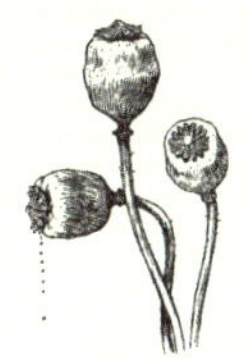

事主多年，經常面對生生死死。曾有幾次，一天之內面對紅白二事，心情起跌不足為外人道。這些年來，我走遍港九新界各間醫院，亦成了殯儀館的常客。說起殯儀，也想藉此機會感激一位殯儀經理 R 先生。

約十年前，我陪同離世會友的家人去某殯儀館協辦喪事，一眾「女人仔」在會客室等候殯儀經理。一位身型「中厚」，架着金框眼鏡的西裝男士出現在眼前，他環顧四周問道：「不是說牧師已到嗎？為何不見他？」我站起來，欠一欠身說：「本人正是！」他立時一臉尷尬，回我一個鞠躬：「對不起，我以為牧師都是男人，沒料到是女士……」自此，他對我欣賞有加，每次找他必定親力親為。

和他熟稔後，凡經我辦的殯殮，他都予七折優惠，令喪家得到實際的幫忙，而且能夠多方配合，在時間和金錢上都節省不少。

前年，我的傷羊 T 姊妹離世。她住在院舍十多年，和舍友親如家人，感情深厚，有十多二十位舍友表示希望出席 T 的安息禮拜，我答應盡力為他們安排。

T是領取綜援金，社署只予以有限的殮葬費，為T辦理身後事只能「睇餸食飯」。

收費最廉的小靈堂在四樓，若要協助近二十輛輪椅上落，實非易事，大費周章。我只好向R先生說出當中的難處，希望他替我想想辦法，玉成輪椅人士的心願。

他皺着眉，低着頭，無限惆悵地說：「我們公司在地面的靈堂是最大，收費也是最貴，單是靈堂收費已近二萬，與綜援發放的殯殮費還差一大截呀……」他一邊搔頭，一邊踱步，費煞思量。

不記得過了多久，他跟我說了一番感人的話：「認識你多年，知道你的工作很有意義，我十分敬佩，我破例給你一個方便，免得你和教友辛苦。我會為你問公司租用地面的大靈堂，但價錢不變。」

結果，T姊妹真的得以「風光大葬」。我在安息禮拜慰勉時，感謝神讓我認識這位古道熱腸的R先生。殯殮行業工作者見慣生離死別，大都麻木地按章辦事，不發死人財已是難得，如今R先生竟伸出援手，豈不道謝？

天父讓我遇上了好人，成就了一件好事。

傷羊們出席完T姊妹的安息禮拜後，立刻圍攏着我，異口同聲地說：「徐牧師，日後我死了，也要和T姊妹一樣……」

3.2

情非泛泛

若是跌倒，這人可以扶起他的同伴……
三股合成的繩子不易折斷。
(傳四 10、12)

我的「珠朋久友」

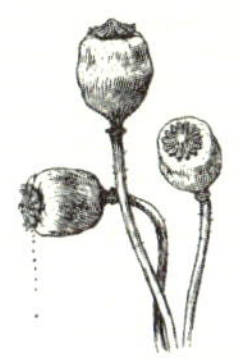

爸爸排行第九，故被人稱他「阿九」。一天，爸爸一位姓朱的朋友來我家探訪，我口快快地說：「朱伯伯，你和我爸真是『豬朋狗友』呀！」登時，大人臉色一沉。那年，我十一歲。

最近跟幾位教牧分享：「多謝主給我許多『豬朋狗友』，令我在事奉的沉重和壓力中，因他們而精彩、開心和幸福⋯⋯」

一直以來，「豬朋狗友」都予人一種負面、貶抑之意，我倒有不同看法。因為每一位朋友皆是我生命中的「珠朋久友」，如珍珠般矜貴，有着恆久不變的情誼。

上主給我與C姊妹相識十載，志趣相投，經常結伴，吃喝玩樂，行街睇戲，遊山玩水。我們都愛美，喜歡逛民族服裝店，也愛到處尋找美食，得此知己，是樂，也是福！

蔡氏夫婦待我如妹。二十七年來，一直體諒我成長的艱難，扶掖我事奉的路途。最近，夫婦倆請我去澳門，在橫琴吃了一頓豐富的全蠔午餐。席中，蔡弟兄說：「玉琼，我們坐豪華位飛翔船，吃的是全蠔餐，真是一個『豪華團』！」逗得我們二人抱腹大笑。在事奉的途中，得這對兄姊愛錫，令我感動。

伍伯母曾是我的會友，年近八十，愛我如女，二十年不變。

我倆雖在不同的教會，但她常邀請我去她林村的家作客，為我預備足料靚湯、佳餚美食、新鮮時果，更勝私房菜，讓我每次道別時，都飽得肚滿腸肥，舉步維艱。她愛屋及烏，每年也有幾次邀請我的「傷羊」到她的家裏大快朵頤，我樂得享受這如母親般的愛寵！

十五年前，認識了住在溫哥華的「M & M」一家四口，每次去探望他們，都感到自由、寫意、輕鬆，有如一種歸家的感覺。十多歲的哥哥為我烹煮肉醬意粉和炮製精巧沙律，味道簡直媲美五星級大廚；妹妹四、五歲時已和我同睡一牀，大講「心事」，而M & M 夫婦和我總有說不完的話題，無數深夜，我們都在秉蠋共話，彼此憂患與共，情深義長。

我愛逛跳蚤市場，每去一個國家，我的「珠朋久友」總有辦法滿足我的怪嗜好，令我享受尋寶之樂，更能買得心頭好！

二十多年來，R 姊妹由屬靈師傅，變成好友。我倆曾同遊英國、芬蘭和瑞典。在遊輪上，無所事事的時候，她總能提出不同的「鬼主意」:「玉琼，我們該巡視業務了（其實是無聊周圍閒逛）。」「是時候商量出書大計啦（交換旅途日誌）！」多得她的幽默，讓我在旅途中經常開懷大笑。

L 君和 F 姊妹是歷奇教練和山藝的訓練者。這十年多，他們多次帶我上山下海，使我飽賞大地之美、同行之樂。

有時候，面對工作上突如其來的意外，令我不知所措，多得身旁的好朋友經常仗義相助。有一天，福音主日前，講員告知因要事不能赴約，我只好致電給我的好友，也是《時代論壇》的社長，請他幫忙：「錦洪，江湖救急，小女子有事相求⋯⋯」那邊廂二話不說：「好，玉琼，別擔心！我來！」他的回應，化解了我的難題，令我頓時放鬆。

其實，牧師也是人，會洩氣、灰心、孤單，也會寂寞。請你作牧師的「珠朋久友」，藉以增添他事奉的心力、加給他生活的色彩。

最後，謝謝我生命中的每一位「珠朋久友」，特別是——耶穌。

謝謝我的恩師好友

中為王師母

王師母的手

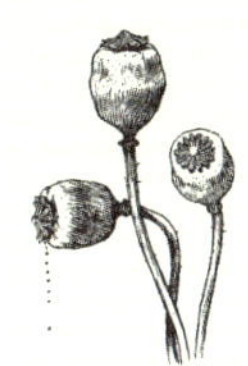

神學畢業以後，我在沙田區一個公共屋邨作開荒牛。身為女傳道，兒童、婦女、老人家的牧養工作不在話下，亦要兼任幹事之職——抄寫、油印（當時影印尚未普及，費用昂貴）、買廁紙等雜務。漸漸，我感到心有不甘！

王永信師母因住在沙田，便來了我的教會聚會，也參與了老人家的服事。有一天，我向她大吐苦水，她溫婉地回應：「只要能服侍神、為教會，做什麼也不要介意，何況你初出道，更應該什麼都學，什麼都做，那麼以後就沒有什麼難倒你了。」

這一番金石良言，讓我一生受用。自此，我甘心情願地作主工，不敢抱怨！

及後，師母隨牧師去美國。她每次返港，必會跟我約見面。一次，她牽着我的手，我心頭一顫，為什麼師母的手好像幹了多年粗活似的粗糙？我直率地問箇究竟。

她說：「為了配合丈夫的事奉，不斷接待客人，負責打掃、煮食、洗褻……」我不禁憐惜道：「師母，你年紀也不輕，別太操勞呀！」她笑着說：「我這雙手仍能服侍主、被主用，應該感恩！粗不粗，沒相干！」我捉住她的手，不發一言。她閒話家常地道出雙手變粗的原因，我卻把它銘刻於心田。

她是上帝差來的天使，經常提醒我事奉的真義，教導我身體力行，實踐服事的生命。她沒有用大道理，也沒有以長輩訓誨後輩的權威，只是待我如母的溫柔，如姐的親厚。

在我二十多年的事奉歲月中，每當感到疲乏困倦、吃力沮喪，我自然地想起師母與我這兩段片段，尤其是她那雙粗糙的手。

最近師母回港，我緊緊地拖着她的手。在炙炙的烈陽下，人潮湧湧的鬧市中，我特意告訴她有關以上的故事，她聽罷只柔柔地說：「我都忘記了。」而我，忘也忘不了。

日本婆婆

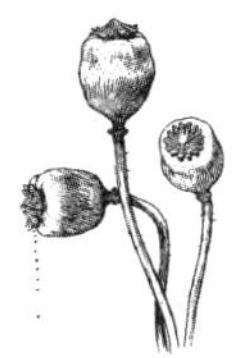

十多年前，認識一位日本婆婆，她今年八十多歲，丈夫是台灣人，也九十開外，二人居港幾十年，子女兒孫都孝順，生活無憂。

每次見她都是雍容大方的。在儀容打扮、衣飾配襯上，都看得出是悉心細意，頭髮必然染燙得貼服潔亮，有着日本傳統女性優雅嫻靜的美德。

日本婆婆年輕時離鄉別井，到了台灣，及後又移居香港，沒有親人，也沒有鄉里，加上日本曾經侵華，身為日本人，她少有香港朋友，更無知交，心靈上、生活上也難免孤獨，因此臉容經常不經意地透出絲絲的憂鬱。悠悠歲月，只得身邊老伴，一雙子女。老來身體不太好，不是頭暈，就是感冒，少出家門，人就更加落寞。

寡言含蓄的她，見我時總是客客氣氣，拘謹有禮。她知悉我父親去世，竟送了一隻玩具啤啤熊給我，且用有限的廣東話溫柔地説道：「你爸爸離開，別難過！這隻熊仔陪伴你呀！」那時，我正值半百之年，卻被長輩這份憐愛而感動，心頭暖暖。我給她一個緊緊的擁抱，自此我和她的相處不單拉近了，感覺多了一份親切和自然。

最近，到訪她的家，迎接我的赫然是滿頭華髮，沒戴假牙，一襲家居便服的老婆婆。她熱情愉悦地招呼我，雀躍如小孩的給我看她日本親戚寄來的結婚照片，開懷的説着相中人的故事。

我心內為她感恩，一位孤單飄泊，拘泥於心靈和現實框框中生活的日本女子，開始不再介懷人家怎樣看她，釋然了，自由了。我情不自禁擁她入懷。

而我因着她，心靈同樣得着釋放。一直以來，我對日本心存憤怒，恨它侵略我國國土，侮辱婦女，至今仍死不認錯，因此我從不肯踏足日本。有人笑我多餘，有人罵我偏執，但上主終於藉這位日本婆婆的仁慈和關愛，融化了我的恨怨，拆掉了我另一種框架。後來，我更破例地踏足日本，去北海道為一對弟兄姊妹證婚。

左為李碧心姊妹，右為李清詞牧師。

李海庭弟兄一家

和李有緣

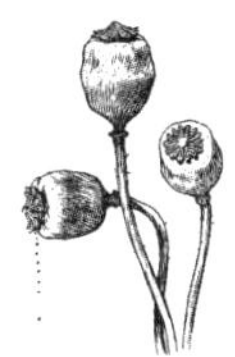

最近我發現在好友堆中，有五位都是姓李，真巧！

一頭銀髮的李清詞牧師是我的忘年交。她年事雖高，卻無老態，走路腰板挺直，思想敏穎獨到，洞悉世態，練達人情，而且性格開朗。每次跟她見面，我都如沐春風，和她分享牧會的艱難或棘手事，得來的都是精闢嶄新的回應，使我拜服不已。

我以清詞牧師為榜樣。

和李淑潔姊妹相識多年，又同寫一個專欄，真是與李有緣。她和夫婿不單是一對璧人，也是現代孟嘗君——好客、慷慨。淑潔外表溫婉嫻雅，內裏卻有着一股鋤強扶弱的正氣，直接和間接地伸張公義，低調地挽回不少邊緣青少年，以忍耐和關愛幫助他們重回正路，成了他們的屬靈媽媽。

有這位俠義慷慨的好友，感恩。

多年來，我和李碧心姊妹同在突破上班，造就了我們交心分享、禱告守望的機會。我倆既會把臂同遊玩樂，也曾一起退修安靜，歡暢愉快，在靈裏相通。碧心曾在傳媒界工作多年，俗世洪流，滾滾紅塵沒有污染她內裏一顆善良的心。我欣賞她對神丹心一片，待人不慍不火，對己不亢不卑，屬靈和社會觸覺同樣敏銳精確。

和她多年交往，盡是美好！

《時代論壇》老總李錦洪弟兄，每次來「方舟」講道都携同嬌妻愛女，信息傷健咸宜。錦洪常請傷羊飲茶午膳，有一次更請他們到西貢吃海鮮，新春講道，甚至派利是。「方舟」每有需要，他必兩脅插刀，義不容辭。

有這肝膽相照的仁兄，真好！

我在溫哥華有一個家。一抵步，李海庭弟兄一家四口必來機場接我。

十五年前，上主帶我到溫市住上十個月，認識了海庭夫婦，成了好友。和海庭性情相近，思想一致，話甚投機，無所不言，言無不盡，他的老婆幸子揶揄我們是失散了的龍鳳胎。雖然天各一方，但無阻交情，一個長途電話就繼續「雞啄唔斷」。他們經常對我說：「歡迎你隨時來溫市，我們的家就是你的家。」讓我心生感動。

走筆至此，腦海想起了多個臉孔，心中滿載感恩！

出嫁前的祈禱會

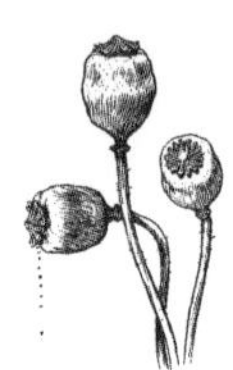

好友李碧心姊妹在神的牽引下，與梁舜德弟兄締結萬里情緣。我被邀出席他們的婚禮和婚宴，見證碧心成為梁家婦，祝賀他們主內永相偕。當日喜慶歡愉、賀客滿堂，但我最難忘的卻是她婚宴前，一個週末下午的出嫁前的祈禱會。

舒雅的客廳內，四位被碧心請來的「好姊妹」聆聽這位準新娘待嫁的心情、被愛的甜蜜、雙方家人支持的感動，以及在籌辦婚事中，對各方好友出力相助的感激。

不知其他三位的感受如何，這次祈禱會，讓我看見碧心有一顆敬畏神的心，令我非常感動和欣賞。

眼見許多籌備婚禮的弟兄姊妹，忙着為新居佈置、奔走於租行禮和婚宴的場地、賓客的名單，以及請誰和誰幫手等事，已經煩得一頭煙。另外，亦要預留時間拍結婚照，又要為怎樣的化妝最凸顯輪廓美、怎樣的髮型最配合臉型、還有婚紗和晚裝的款式、首飾頭飾的配襯等費煞思量，誰都想將自己打造成金童玉女、王子公主，亮麗人前。

若將重點全投放在上述的事情上，肯定令人疲憊困倦、心煩氣躁、容顏憔悴，甚者更會破壞男女雙方的關係、吵架連場，好事變壞事。這段非常時期正是需要智慧和平靜安穩的心，需要肢體的守望禱告作支援，以及向神求恩典去承托，才能夠應付結婚大大小小的人和事，而碧心就選上了這美好的福份。

我們逐一開聲為碧心禱告，最後是我。當按手在她的頭上，我感動而泣地求告神：「親愛的天父，碧心和舜德是祢所愛的一對，愛裏沒有懼怕……」為這對敬虔的新人獻上深深的祝福。

婚姻不是兩人的事，也不單是兩個家族的事，更是神家裏的事。因此，碧心結婚，她教會的眾肢體都有着辦喜事的高興和殷切，突破同工也蜂擁到賀，場面墟冚熱鬧。

我曾將這件美事跟會友分享，教導他們婚前婚後必須以基督耶穌為中心，必須有肢體的守望與同行。

我送給舜德和碧心的賀詞：

「祝禱你倆靠主共建的家 —— 滿溢信的篤定

湧注望的回應

瀰漫愛的恩情。」

突破青年村的故事 一

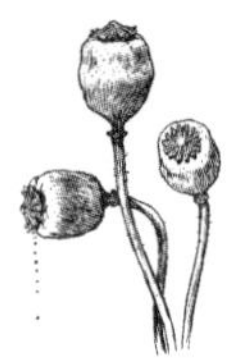

今年是突破機構成立四十周年，將有一連串的慶祝活動。「方舟之家」在突破青年村也十七年了，我們合作無間，彼此祝福。我和突破青年村的淵源更是一匹布的故事……

那年神學快畢業，正尋問上主的心意：我的事奉何去何從？一位朋友在建道神學院念書，她的教會宣道會希伯崙堂向政府的申請獲批，在沙田沙角邨開辦幼兒中心，並在同一地方開設分堂，故此需要聘請傳道同工。她知道我曾是幼兒老師，便引介我去見她的牧師，牧師接見覺得不錯，便轉交建堂委員會主席蔡元雲醫生跟進。

有人聯絡我去突破機構（在牛頭角淘大花園附近）見蔡醫和兩位委員。我好生奇怪：為什麼做教會的女傳道，要到突破機構見工？沒想到經此一見，就開始了我的事奉人生，也和突破結下不解之緣。

我服侍的宣道會沙田堂，開堂不久就吸引大批突破同工來崇拜，有的後來更成為會友。我為了裝備自己，不斷參加突破的輔導和成長課程，為遷就日理萬機的蔡醫，許多時候都去突破開會，因此經常出入突破，我和突破的同事漸漸熟稔。

1993年暮春時節，幾十位教牧隨瑞士靈修大師Hans Burki學藝，我們在長洲的慈幼靜修院有六日五晚的生命重整營。一天，當我漫步小徑，享受着心靈的恬靜安閑，默想主對我的愛眷時，蔡醫迎面而來，一臉惆悵惘然。

「玉琼，見到你真好，有事和你商量……」原來神恩加神蹟，政府批了沙田亞公角山頭的一幅地給突破興建青年村，已經和建築公司簽了合約，但一班地盤工友要求按照行規，拜神祭祀食燒豬才肯開工。「他們十分堅持，我們怎可以讓工友在神給我們的地方拜偶像呢？……」我不知從哪裏來的智慧（一定是從神來的），不假思索脫口而出：「好簡單啫！他們要拜神，無問題！我們也敬拜神，就請他們拜我們所信的神啦。」蔡醫聽罷，眼睛發亮，精神一振，笑呵呵的說：「噢！謝謝主！我找對人了。玉琼，此事就交由你辦理，我會請同事和你跟進，按你的計劃配合和執行。」說罷，他為我作了一個求主幫助的祈禱。之後，蔡醫快快樂樂、輕輕鬆鬆的走了，留下一個惘然沉重的我。

由我主持的潔淨禮

突破青年村的故事 二

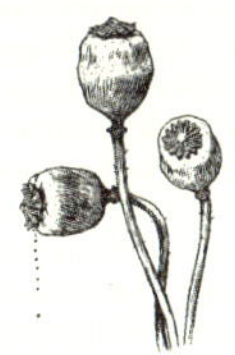

蔡醫的一個信任和委託，我就「一身蟻」。那時當女傳道已經十個年頭，但從未主持過地盤的開工儀式，何況要「拜神」，只得不斷請教同道友好，希望有此經驗者，能給予我意見，無奈問道於盲。茫無頭緒的我，知道祈禱最實際，求主幫助永遠有出路，天父果真向我施恩，讓聖靈教導我。

1993 年 10 月 15 日，一個藍天白雲、秋風送爽的星期五，寧靜的亞公角山上突然熱鬧起來，在一大片凹凸不平，雜草叢生的黃土地上（正是政府所批給突破的那幅地），在一張鋪上紅色桌布的長桌上，我們舉行簡單而隆重的動土禮。

一眾來賓被安排坐在排列整齊的摺椅上，突破同工各有崗位的忙過不停，地盤工友圍聚在周邊遠處，或站或蹲，隔岸觀火似的看看這班人有什麼搞作。敬拜小組首先出場，帶領會眾唱頌《祢真偉大》、《我要向山舉目》，我們念讀〈詩篇〉121 篇及 127 篇，然後輪到我主持的潔淨禮了。

我莊嚴且鄭重地簡介儀式的意義，帶領會眾祈禱後，奉三一神之名向四方灑水，憑信心說出這番話：「水，代表潔淨……今日，我們要宣告：天上、地上和地底下的，無不向祂屈膝，無不宣稱祂是獨一的神，這地要歸耶穌基督為聖，這地要被神掌管和使用。」我也特意為地盤工友祝福。

突破同工預備了一塊紅底金字長方型的塑膠牌匾，上面刻有〈詩篇〉121 篇 8 節：「你出你入耶和華必保護你，從今時直到永遠」的經文，釘掛在地盤的出入口，祝願工友出入平安，亦即場派給工友每人一封內有福音單張的開工利是。我們預備了一大盤菠蘿、紅黃青椒和燒肉串燒作茶點替代切燒豬。

遠遠站着和蹲着的工友，應該是第一次參與一個基督教的「拜神」儀式吧。我看得出他們既留心專注，又充滿好奇地投入整個過程。我走到其中幾位工友面前派利是，笑意盈盈地對他們說：「耶穌祝福你！你開工平安！身體健康！」他們有禮貌和帶笑的齊聲說多謝，氣氛極佳。從此，他們就乖乖的開工大吉。

兩年多的工程，天父保守十分平安。十七年後的今天，我將這故事寫下，感恩天父給我這個特別的任務，同時見證上主聽禱告。

突破青年村的故事 三

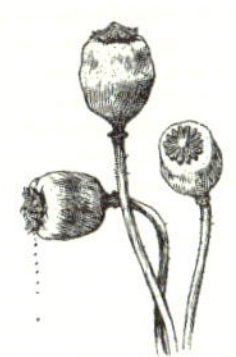

1994 年 4 月，突破為青年村舉行奠基禮；1996 年 3 月突破青年村正式運作，同年 7 月舉行開幕禮，我有幸被邀出席以上的盛會，見證上帝的作為奇妙可畏。

同一年的秋天，我放下事奉的擔子，先乘坐郵輪享受長江三峽的山水，然後在加拿大住上十個月，周遊列國、廣結友誼，自在逍遙，快活不知時日。1997 年 10 月初，返港前夕，收拾心情，執拾行李，恐懼惶惑突然而至，辭了工、賣了樓，返港後沒有工作，又無居所，怎麼辦？愈想愈心慌，便立刻跪在牀前，向天父傾吐心中的不安，祂如此地安慰我：「女兒，別擔心！我怎樣領你休養生息，當然會帶你走事奉新一程。」清楚的接收，心就安妥了。

返港的航機上，剛是主日，我默默地在狹窄的座位上做「個人崇拜」。看看腕表，再過幾小時，就回到土生土長的香港，心中理應期待着家人接機的興奮，但不安和驚恐再度襲擊，我又一次為未來擔心，只好立刻將憂慮卸給神，祂用同一番話安慰我這多憂多慮的人。

返港後數天，蔡元雲醫生夫婦請我到其家中晚膳，告訴我「方舟之家」需要一位有開荒和牧會經驗的傳道者，他倆為此事求問神。雖然剛過去的一年，我們完全沒有聯絡和通消息，但在禱告後卻出現了我的名字。知道我剛回港，就向我發出邀請。經過兩星期的等候和求問，天父給我清晰的異象，就開始在突破青年村內的「方舟之家」服事。祂的應許多麼真確，祂的時間多麼準確，怎不令我死心塌地的忠愛祂和事奉祂呢？

這十六年來，「方舟之家」的牧養職事外，我會參與突破早會和主持聖餐，配合突破的營會，將傷羊牽引其內，見證生命影響生命，不能不讚歎神的作為奇妙。感恩和突破的同工打成一片，他們對我敬重和信任，既作輔導牧養，又能結伴旅遊、吃喝玩樂，更有成為我的好友禱伴，也曾為離世的同工主持安息禮拜，同喜亦同悲。

多謝他們送我一個尊貴的稱號：突破村牧。

3.3

悼念故人

頌頌・呂婆婆・杏林子・Fanny・文策
天家再見

頌頌是我的……

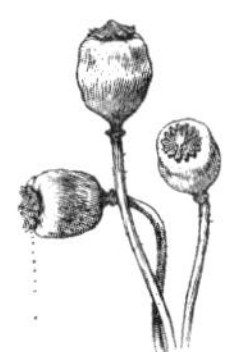

看着頌頌出生與成長的我，和他有莫名深厚的感情，尤其在他患癌的兩年，令我對他有嶄新的認識。

未發病的頌頌，性格內向、羞怯，是一位普通、平凡不過的小子。癌病的到來，未有讓他自暴自棄，反而催生了一位勇敢面對苦難、體貼善感和幽默風趣的好男兒。

頌頌是我的「屬靈師傅」

頌頌快將離世的下午，陳義發弟兄駕車送我和蔡元雲醫生夫婦到他的家中探望。

他半睡半醒地卧在客廳的安樂椅上，瘦削的面龐、嶙峋的軀體，以及柔弱的氣息，教我心痛。

蔡醫輕輕地擁他入懷：「頌頌，我不知怎樣安慰你……也不明白為什麼你要面對這般的苦難……」蔡醫説時忍着淚水，兩眼通紅，欲語無言。

頌頌輕柔地説：「蔡醫生，別難過！不用每一件事情都需要明白的，不然上天堂就沒有驚喜了。」

在旁的我，永遠不會忘記這句說話。

頌頌是我的「幽默大師」

癌細胞在頌頌身上肆意欺凌，由腦部擴散到脊骨。家人從不隱瞞病情，全家勇敢面對，沒有呼天搶地、怨天尤人，他承受了無數治療引發的痛楚，卻沒有一絲埋怨，也沒有半句咒詛。

「既然癌細胞不肯走，那我走，我要癌細胞失業！」頌頌說，真虧他想出如斯創意生動的形容。

做完了第二次開腦手術，麻醉藥漸過，躺臥在深切醫療室的他，努力且費力地睜開沉重的眼皮，看見哥哥和我，微微露出一絲笑意。

那時候，頌頌一身「天地線」。我一直看着他成長，早已視他如家人，看見他受苦，不禁心痛欲哭。然而，自他病後，我倆多了一些瘋言瘋語的搞作，不容癌病奪去溫情與歡愉。

這趟，我特意扮江湖大姐，惡形惡相地說：「嘿！醒啦！快交保護費！」沒料他立刻用氣弱柔絲的聲音，還以顏色：「你趁我病，攞我命！」此語一出，護士笑了，哥哥笑了，我笑了，心中的哀愁消散了。

癌細胞不受控制，醫生轉用了「X 光刀」治療法。這療法需要在不施任何麻醉下，在頭部鑽開四個孔，再將螺絲植入頭骨內，牢固那金屬圓環，然後送入一部儀器內作電療。過程極為恐怖，許多成年人也未必能夠忍受，頌頌卻快速地完成任務，連醫生與護士也佩服和動容，封他為「最合作的病人」。

探望他時，見他穿着一身深紫色病袍，頭上架着重甸甸的金屬環。那四顆螺絲，單是看見，已叫我不寒而慄。

「你看他像不像耶穌？身穿紫袍，頭戴荊棘冕。」頌頌的爸爸看見兒子受苦，心中自然更苦，就聯想起受苦的耶穌基督。

「唏！我哪有這麼神聖？看！其實這是二十一世紀最有型的打扮，你説型不型？」他瞟瞟我，一臉「得戚」。

我見他談笑風生，便指着他的螺絲問：「你這裏不痛嗎？」

「痛，是好痛！痛到死！」他頓時皺着眉，剛才的「得戚」剎那消逝。我不禁愕然，痛到死還能如此輕鬆自若，心中不禁生起敬意，頌頌對付痛楚真有一手！

在頌頌離世前兩週，一個風清日朗的週末，我們圍坐在他身旁，他已經軟弱無力，看東西亦出現重影，大家心中為他的情況而憂心的時候，他突然輕輕爆出一句：「現在我看銀紙就最好了，一張變成兩張。」然後，嘴角掀出一抹笑意。我們給他一説，不禁同時大笑，趕走陰霾。

他的從容還不止於此，他媽媽給我們憶述，當外祖父得知孫兒病重將逝，心中無限感觸，便對頌頌說：「公公捨不得你走……」

怎知道，頌頌竟然回應一句：「不用難過，你都會好快上來見我啦！」

童言無忌，童心無詐。死亡，對頌頌來説，只是搬一次家，有一天必定與家人朋友再聚。難得在他病重的時候，仍有這般信心與信念，真為他感到驕傲！

我的心上人

「頌頌，為什麼你請我為你洗禮？是媽媽的意願嗎？」

「是我告訴媽媽想你為我洗禮。你看着我長大，和你有感情，你最適合。」

我差點掉淚兒，和頌頌的關係，豈止於牧師與信徒。1999 年聖誕日，在家中為他洗禮的當天，我真的哭了。

知道頌頌見天父的日子漸近，我竟有一種至親離逝的悲痛。幸好每次在他身畔輕喚：「頌頌，我的心上人。」他總會掀一掀嘴角，報我一個微笑，我倆總是心照不宣。

他告訴我：「本來對死亡有絲絲懼怕的，但洗禮之後，就不再怕了，好平安！」藉着他的說話，我對洗禮又多了一層領悟。

頌頌，你勇敢堅強地奮鬥了兩年，以幽默跟病魔打交道，以平安向死亡說再見，最後帶着微笑步入了天堂。

多謝你，在跟你時而母子，時而好友的繫連中，你啟迪了我對生死的真義，教我如何笑看明天。

好小子，你走後，癌細胞果真失業了。

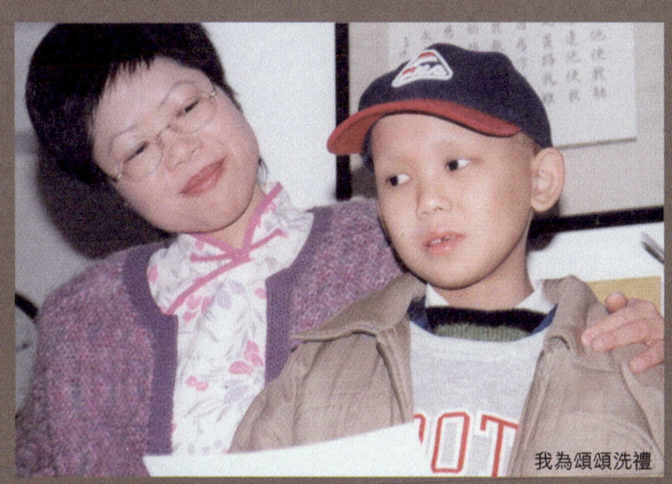

我為頌頌洗禮

在杏林子房間

左為蔡妙瑛牧師，正中的是張來好牧師。

天國的俠女英雌

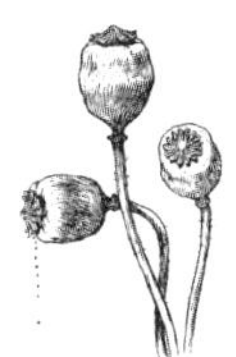

2003 年 2 月，杏林子被服侍她的印傭毆打，且推倒地上後重傷。那一天，從報章得知這消息後，立刻默默禱告，沒想到翌日就傳來她的死訊。

幾位友人不約而同地向我查問她的情況，又關心我有否為此哀傷。後來，我從相簿取出以前探望杏林子時拍下的合照凝視悼念，回想我與她的四面之緣。

早於 1986 年，華福會在台灣舉行，我隨蔡元雲醫生參觀了「伊甸殘障基金會」所成立之工場，並有幸地拜訪杏林子。那年 10 月，她與喜樂四重唱應邀來港，為宣道出版社的聚會擔任講員，在沙田區的聚會則由我負責協助接待。1998 年，蔡醫生伉儷陪同她在「方舟之家」崇拜，並且勉勵在場的傷健羣體。

最後一次，是 2002 年 9 月，在蔡妙瑛牧師和張來好牧師的引介下，讓我得以造訪杏林子的家。

那是一個秋雨瀟瀟的下午，端坐牀沿的她，一臉倦容，荏弱加上抱恙，很久沒有外出，也不接見外人。今次得以允見，並有個多小時的交心傾談，真是神的預備，是我的福氣。

我們圍坐在她那雅潔樸素的房間內，四位神的使女以禱以勵守望所服侍的羣體，彼此分享了「伊甸」、「突破」、「方舟」的事工。我告訴杏林子，因成長的困難，我曾是一個心靈嚴重殘障者，而她的書伴我度過苦澀多淚的歲月，鼓舞我對寫作的勇氣。

她細心聆聽，一派雍容與從容的氣度。這位眼前人，非一般的久病者，乃是潛藏着一股俠客風骨的英雌。讀她的文章，不難發現她敢於以筆、以口，甚至以行動去爭取公平、公正、公義。

其眼光如劍出鞘的凌厲，帶着一種洞悉世情、看穿人心的剔透玲瓏。哼！若你心術不正，給她一盯，準會心虛得魂魄不齊。

別以為她氣若柔絲，卻句句鏗鏘，如鎚如鼓。談到某人某事，不妥協、不折腰的凜然，令我印象難忘。

與病魔激戰近五十年，經過多番生死搏鬥，永不言敗，病魔也沒奈她何。為主，她真的打了一場美好的硬仗。

最後，她安息了！奏着得勝的凱歌，昂步天家。

後來，我聯絡了蔡妙瑛牧師，慰問與關心杏林子去世之事，傳來的是感動的消息，杏林子與她家人對印傭的寬恕，帶來了美好的見證。在這個暴戾的年代，她將主耶穌在十字架上饒恕的信息再度活現。

劉俠姐姐，你生你死，上主都藉着你傳送着生之盼、愛與恕……此刻，天上人間，你底文字、你底生命，仍在訴說着神的美善與恩慈。

為在病中的 Fanny 慶生

三地情

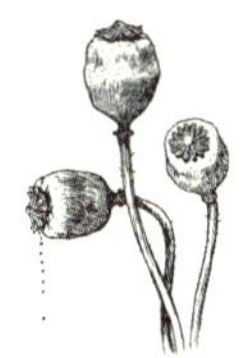

上海——2004年4月，乍暖還寒的暮春季節

你的病情穩定不久，便希望在5月飛回加拿大探親。遠行之前，打算先隨突破同工到上海一趟，看看身體能否應付短途飛行。

然而，突破同工在上海都各有要務，未能抽空陪伴。那時候，我適逢第三個安息年假，便拍拍心口說：「我陪你！」如此，我們度過了八天愉快開懷又難忘的旅程。

忘不了和你在「藍布店」半日流連，且買了幾件用板藍根染製的藍布衫，好開心！

忘不了一行人乘觀光船夜遊上海灘的快樂時光。

忘不了有博學儒雅的姜老師，帶着你我「走」了一天上海歷史的課堂，那是一次豐富充實的另類學習。忘不了一天早上，你吐露心底話，委屈的淚如崩堤。原來我所了解和認識的你，不只是大方得體，笑聲震天，更是位顧全大局，宅心仁厚的好姊妹。

溫哥華——2004年6月至8月，繁花盛放的美麗夏日

異地重聚，更感珍惜。為了使深居簡出的你，能夠多到戶外走走，便特邀友人駕車到附近寧靜的郊野叢林，讓我們漫步細語，在山澗瀑布水聲伴奏下，吃一頓簡單的午餐。

一天，在你和伯母那明淨清雅的家中，這次輪到我為人生面對一次重大考驗的衝擊，哭得淒淒楚楚。你靜靜地聆聽，溫柔地回應，我知道你明白我。你的安慰、鼓勵、禱告，讓我的心安妥了。

香港——1998-2006年，由淺漸深的濃情歲月

自我到任「方舟之家」至今，就一直在突破青年村上班。

鳳參、Kitty加上你我這四人小組，常常為突破禱告，彼此守望，同慶生日。因此，我們情誼不淺。

當你在家養病，我們便在你的家中聚首，從不間斷，繼續享受生之樂、世間情和神的愛。

謝謝你信任我，這三年來一直給我一個特別的角色——你的專用髮型師。頭髮修好了，你在鏡中端詳一會，然後點頭，流露滿足的微笑。那一刻，我心中漲滿成功的快樂！

今天，你的頭上戴上冠冕了——天國的公主。

今天，你的臉上滿有榮光了——神國的精兵。

今天，你的任務完滿完成了——突破的忠僕。

Fanny，暫且一別，等待另一個和你見面的美麗場景。

文策鍾情的珠穆朗瑪峰

好一個天地男兒

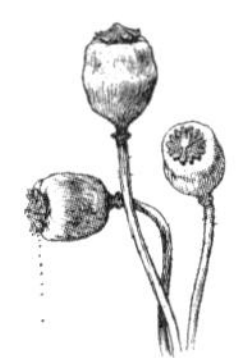

文策帶領我和近二十位教牧上突破青年村後的女婆山。這日風光真好，頭上澄藍天際，放眼盡是翠綠山巒。

「徐牧師，這都是我的好朋友和老朋友。」文策一邊笑說，一邊雀躍地張開雙手。唇上的小鬍子加上童稚的笑臉，忒是可愛。

他見我狐疑，隨即解釋：「你看！每一座山都是我的好友和老友呀！」他又手舞足蹈如一個小孩。

我深深地觸動，怎麼一個五十多歲的男人，可以如此單純、如此快樂、如此愛山？

認識多了，我發現了……

文策的眼，隨年月深了老花、近視和散光，但他心靈有一雙妙目，看出天地有情，山水有義；

文策的耳，因意外而弱聽，要靠助聽器生活，但他有一對靈耳，常聽上主慈聲，且勇於回應；

文策的口，不擅詞令，更沒演説之才，但他每一次分享，甚或閒話家常，都滿是靈言雋語，極之自然；

文策的心，負荷不了而突然辭別，但他心中卻盛載了無數青少年的生命。

好一個天地男兒！

臨去加拿大前到醫院探望呂婆婆

呂婆婆的錢

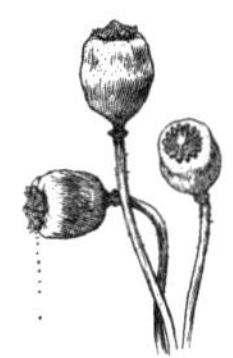

呂婆婆是我以前堂會的會友，是個可愛的老人家，矮矮胖胖，嘴甜舌滑的。她常教我：「見到司機叫車長，見到小販叫老闆，咁就包無錯。」

有時候，她向我大講昔日威水史：「我細個在廣州住大屋、有工人使，是千金小姐嚟㗎！最衰自己貪玩，無心機讀書，時時逃學去跳茶舞，而家盲字都唔識多個，後來嫁俾金舖太子爺，佢對我好好㗎，之後走難嚟香港，可惜佢又早死！我有個女，反咗面，走咗去澳門，再無消息，咪當無生過囉！唉，咁就幾十年啦！」眼前七十多歲的她，説着如煙往事，一臉落寞。

她在香港沒有親人，也許因為我常幫她看信件和覆診咭，幾次急病，我都陪她去急症室，又常常聆聽她的心事，故她愛我如女。她住在教會附近，所以常為我帶來愛心靚湯。有一次我久咳不愈，她就隔日送來冰糖燉雪梨。她有時邀我去她的家中吃她的拿手小菜，有時鬼鬼馬馬表演「篷喳喳」、三步四步的跳給我看。

後來，她患了淋巴癌，身體變差，經常進出醫院（及後入住安老院）。與此同時，我辭職要去加拿大，臨行前到沙田醫院向她道別。

她知悉後，激動地捏着我的手：「別走！留下來陪我，可憐我這個老人家在香港無親無故，我視你如親生女，不要走，陪我最後一程！我會將銀行裏的 XX 萬送給你，好不好？」她聲淚俱下，更出動銀彈政策。

我安撫她說：「呂婆婆，別這樣！我去加拿大一年，之後就會回來，到時一定會來探你，陪你飲茶，好不好？我什麼都不要，只要你等我回來。」我唬她：「若果我要了你的錢，廉署會拉我坐牢，到時我就不能來探你囉！」

「真的嗎？若我死了，錢如何處理？」她忐忑不安。

我擁着這位可愛又愛我的長者，無限憐惜。

一年後，我由加國回來，第一時間約她飲茶；她一見我，開心如小孩。這餐茶後，呂婆婆安心了，安息了。

在她的安息禮上，我負責慰勉，作為對她最後的服事。

幾個月後，我收到以前堂會牧者的電話，約我到銀行辦手續。呂婆婆將戶口的存款，全數奉獻給教會。這是我臨別香港時給她的建議，並為她請來一位主內的姊妹律師寫遺囑，而我作她的見證人和受託人。

手續辦完後，那位牧者向我道謝，大家各有歸途。

一路上，呂婆婆「籧喳喳」的舞姿，在我的腦海內轉呀轉。

教我如何不想她

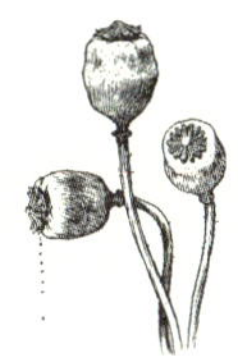

她原是一位護士，心懷南丁格爾服侍病人的志向；

她也是一位醫生太太，夫婦二人回應天父的呼召，同心事奉神；

她只是一位平凡的家庭主婦，相夫教子，孝敬翁姑，終其一生；

她更是一位祝福我生命和事奉的良師益友。

多年前，我和三位教會的核心成員在她的家中開會，她的丈夫帶領我們共商天國大事，計劃在社區內，聯絡不同宗派的教牧同工，開展教牧家庭團契，繼而策動聯合培靈會、佈道會、主日學等，以期達致教會合一的見證，盼望教會的人手和資源能分享共用（在三十年前，這是十分嶄新的意念。神恩典，果然一一成就，在此不詳述。）

當時我剛出道，面對幾位心懷天國、目光遠大，講到眉飛色舞，口沫橫飛的弟兄時，我卻安安靜靜（其實懵懵懂懂）地陪坐不語。話題太偉大、太豐富，我接收也來不及，更遑論插嘴或回應，頓時覺得自己十足一隻笨蛋、一頭呆鵝，自卑不已。

正納悶無聊之際，突然傳來她的叫喚：「徐姑娘，請進來幫幫我。」一聽見她的叫喚，我飛快地跑入廚房看看有什麼幫忙，不料她竟氣定神閒地對我説：「剛才是不是很悶呢？是否不知他們講什麼呢？別介意，這不是你的問題，我很多時候也不明白他們講什麼，不要緊！來，喝杯茶，休息一會，這些大事由他們處理好了。」我感到不可思議，一直在廚房忙着弄膳的她，怎會知道我心中作難的苦困？況且，我和她實在不熟稔。

過了多年，我才明白那次是因她的慈心和睿智，洞悉到我經驗不足，體貼我的能力不逮，於是特意叫喚，讓我離開侷促的場景，得以吁吁氣。到如今，我仍為此事感激不已。

一次教牧、執事連家眷的退修會內，十多人輪流分享和代禱。輪到她時，她一派從容自信、不亢不卑地説：「……我不會講道和輔導，不懂寫作和彈琴，不識……難道就不用做他的太太嗎？」對當時仍是事奉初哥的我，她這番説話成為我事奉的金科玉律。

我沒有父母的蔭庇和栽培、家境不好、學歷不高、資質平庸、性格稜角，也沒有講道、教導……的恩賜，難道就不用做神的僕人嗎？

自此，我以她為榜樣，每當自卑感冒升，她的話就如屬靈營養添加劑，一次又一次地滋養和振作我的心靈。此刻，她已在永恒的榮耀裏，我無法告訴她和感謝她對我的仁慈和祝福。

教我如何不想她！

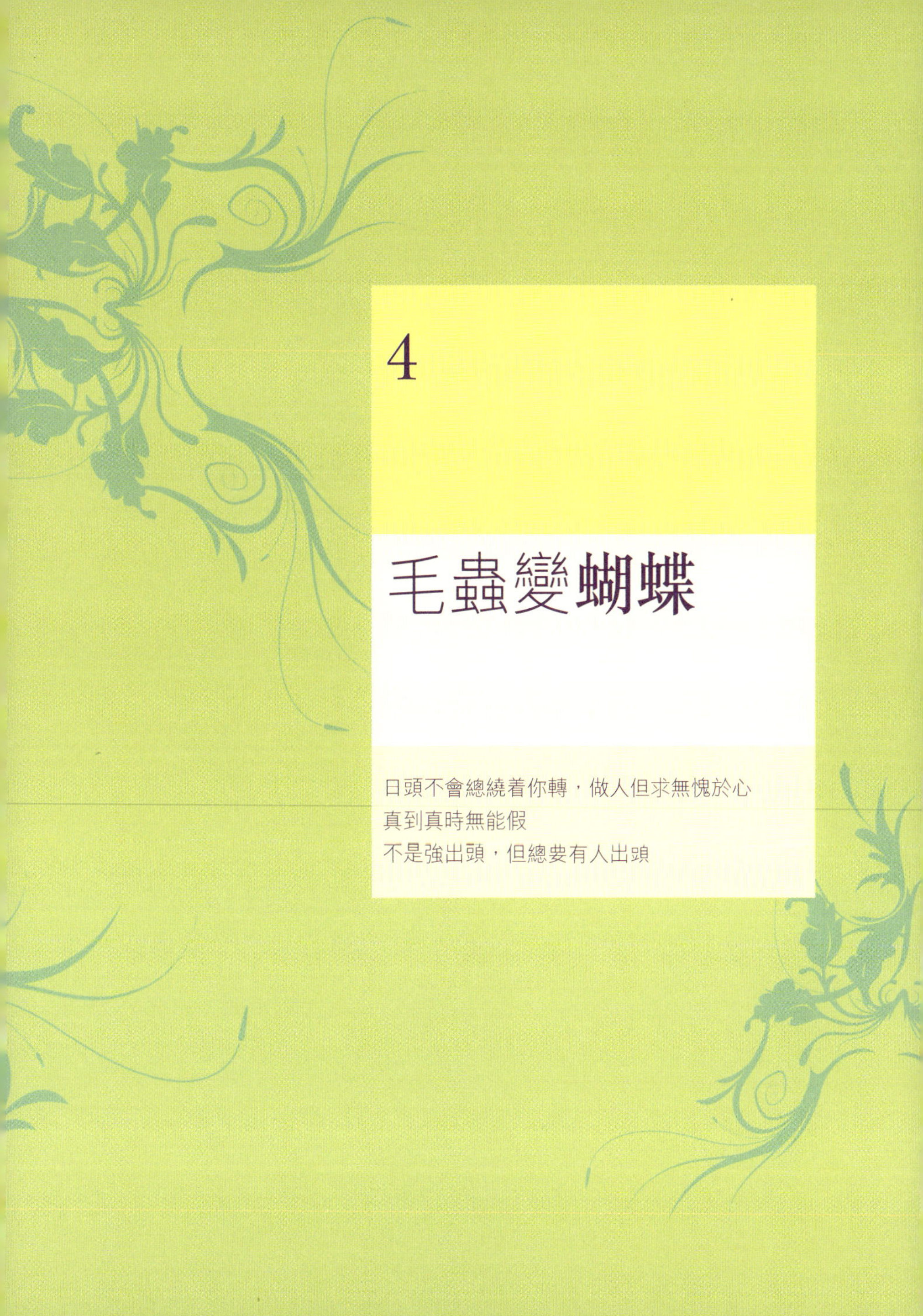

4

毛蟲變蝴蝶

日頭不會總繞着你轉，做人但求無愧於心

真到真時無能假

不是強出頭，但總要有人出頭

4.1

蝴蝶愛美麗

情迷高跟鞋

「你真厲害，整天穿着高跟鞋仍然沒事，換轉是我肯定累死了。」我的會友說。

「你穿着高跟鞋四處走不辛苦嗎？不怕腳部變形嗎？小心扭傷呀！」朋友苦口婆心地勸道。

「聽見『咯咯』的鞋聲就認出是玉琼來了。」老友連我的腳步聲也認出。

有一次，一位突破的女同工盯着我的腳良久，然後不勝唏嘘地說：「徐牧師，很羨慕你還可以穿高跟鞋，我早已穿『老人鞋』了。」什麼老人鞋？我好奇地看着她的鞋，只不過是一雙平底的健康鞋，而我也沒想過穿高跟鞋會惹來這麼多的關注和羨慕。

我自認是「貪靚牧師」，愛穿高跟鞋，不單因應配襯衣衫和場景的需要，這更與我的童年願望有關。

媽媽在中環的洋行（60 年代對公司的說法）做半職清潔工。上班的時候，她背着一歲多的妹妹，以及帶着我同去。到了公司樓下，背妹妹的責任就交由七、八歲的我，媽媽再三叮囑：「小心照顧妹妹，不要把她交給任何人，不要隨便跟人走……我 3 時左右下來給妹妹餵奶（當時大多母親餵哺人奶），記住別走太遠呀！」說罷就匆匆的往洋行去。

就這樣，我日復日漫無目的在附近的街上走走蕩蕩，等候媽媽的出現，幸好妹妹多是乖乖地伏在我的背上甜睡。那段時間，我會看看櫥窗的擺設，看看四周的人流來打發時間。每當見到打扮漂亮時髦的姐姐，穿着高跟鞋婀娜多姿的美態，就似王家衞導演的《花樣年華》中，張曼玉穿着旗袍和高跟鞋走路的背影，我就羨慕得不得了。幼小的心靈內，暗暗地許下這個願望：我長大後也要學姐姐穿高跟鞋。

十四歲出來社會工作，拿到第一份薪金後，就買了我人生第一對高跟鞋送給自己。初初穿高跟鞋，極不習慣，感覺辛苦，甚至腳踭都起了水泡，我仍是心滿意足地穿下去，因為夢想終能成真。現在習慣了高跟鞋，穿平底鞋反而不慣。同工曾開玩笑地說：「徐牧師有穿高跟鞋的恩賜。」

一次主日崇拜後，要趕赴一個聚會，我飛快地跑出大門追計程車。十歲的小男孩維維看見了，就大聲喊叫說：「徐徐，你穿着高跟鞋好危險的，別跑得那麼快！小心跌倒呀！」哈，連小傢伙也留意我穿高跟鞋，且關心我的安全，真窩心！

「知道啦！」我回頭應聲說，立刻放緩步伐，滿有儀態地踏着高跟鞋咯咯咯的趕路去。

兩對三吋高的鞋

烏溪沙海灘的落日令我迷醉

村居記情

作為牧師，總有些有形無形的壓力，令我肩膀繃緊，偶爾失眠（尤其翌日負責講道），情緒跌宕。上主知道我的需要，三年多前為我預備了村居的生活，讓我學習「大自然療法」——與夕陽有個約會。

若能在黃昏前返抵家中，我便換上便服，徒步五分鐘，去到烏溪沙的小灘，觀賞夕陽晚霞，成了我一天中的美好時光。那裏經常有人拍婚紗照，又有許多攝影發燒友在「打蘴」捕景。

原來日落景致沒有一天是相同的，叫我百看不厭，永無悶場。風高雲淡時，夕陽將藍天染成彤紅，瑰麗絢爛，色彩繽紛；若遇上烏雲蓋天，也能看見密雲鑲着金邊的奇幻。

腳在沙灘走，眼向夕陽朝，心就寬舒恬靜。

一次，看見一位年輕爸爸推着嬰兒車到沙灘，他抱起一歲多的小女孩，彎腰躬身地扶着小娃在沙灘走，又指着夕陽叫囡囡看。這情景觸動了我，悄然地默觀這對父女，心中泛起天父和我的情份，祂同樣的憐愛和俯就我，引領我的腳步，啟導我的方向，邀請我觀賞祂的創造。此情此景，令我以歌以禱稱謝神。

又有一次，遇見一對中年夫婦及他們二十來歲的兒子。父母在垂釣，兒子在水邊踱步，好一幅幸福家庭圖。女士身邊有一個藍色四方膠箱，我上前和他們搭訕，看見膠箱內有幾十隻海星、十多尾小魚、兩三隻小蟹，女士見我一臉羨慕，豪爽地送了十隻海星給我，教我用海星和牛大力煮湯的療效。我多謝她，帶着海星快樂地回家。人與人之間，沒有猜忌，不去計較，就能四海之內皆朋友。

初春的下午，我帶兩位朋友去海灘。我們仨坐在一條破舊的木橋上，陽光柔柔，微風輕輕，我們傾傾講講，直至天向晚。好友好景好心情，感覺好愜意！

一次主日崇拜後，請了教會四對夫婦和他們的五位小寶，去我家中作客。雖然外面大雨滂沱，室內笑聲卻如爆竹響，幸好黃昏雨稍停，我立刻帶他們到海灘去，拍下許多美麗溫馨的家庭照片，享受一個歡愉的情人節前夕。

天父情，人間愛，處處在。

一天海灘漫步，看見天空的一片雲，如聖靈降下的鴿子。

佛羅倫斯聖母百花大教堂

旅遊記趣

跌落地的聖餐餅

復活節前夕的黃昏，和旅伴C姊妹身處意大利佛羅倫斯一間聞名於世的大教堂內，參加一場彌撒。雖然聽不懂神父說什麼，但多少也猜到是與復活有關的主題和經文，我倆隨會眾乖乖地、安靜地站立有時、坐下有時。偌大的教堂內，莊嚴、肅穆和神聖。

最後，領聖體的環節時，會眾列隊為兩排，由兩位神職人員將聖餐餅逐一放進會眾口中，我和C使了一個眼色，示意一同出去排隊，難得在外國有領聖體的機會。我們離座走向人龍去，各站一隊，輪到她時，C接不穩，竟將聖餐餅跌在地上，她與神父四目交投，大家不知如何是好。C心忖，神父必遞給她另一片餅，於是安靜地等候着。誰料神父躬身蹲下將餅拾起，然後若無其事地將丟在地上的餅放進C的口內，有潔癖的C傻兮兮地把餅吞了。

我專心地領聖體，對以上所發生的事全不知情，走出教堂，她才告訴我。我笑彎了腰，打趣地說：「願主祝福你不會肚子痛！」

我們想吃鹹豬手

留在德國的最後一天，我倆在海德堡的古城區流連忘返。這裏實在是個美麗的地方，下雨天無礙遊覽的雅興，更添幾分詩意。乘纜車觀賞古城堡的遺址，令人發思古之幽情；走在古橋上，夕陽斜照，紅霞漫天，舉起相機拍個不停，留下良辰美景。心中泛起對上主感激之情，我是何人，祂竟讓我享有第四次的安息年假，又有好友策劃旅程，結伴同行，享受異國風情與遊歷之樂。

肚子咕咕作響，是時候在德國吃「最後晚餐」。來到德國一星期，仍未品嚐著名的鹹豬手，於是我們走到店舖，問人哪裏有鹹豬手的餐廳。我們用英語，加上身體語言演繹，搞了一大輪，仍是雞同鴨講（都怪巴別塔之害，延禍至今）；直到我在紙上畫了一個似豬頭的畫，他們才恍然大悟的「呵」了一聲，然後又咕嚕咕嚕地說了一大堆聽不明白的話。我惟有請他們寫下餐廳的名字，鞠躬謝過後離去，誰料遍尋不見，那時已經腿痠腹鳴，餓得發昏，也不理會什麼鹹豬手了，立刻衝入一間就近的餐廳去。

吃不到鹹豬手，但我保留那張豬頭畫，以茲記念。

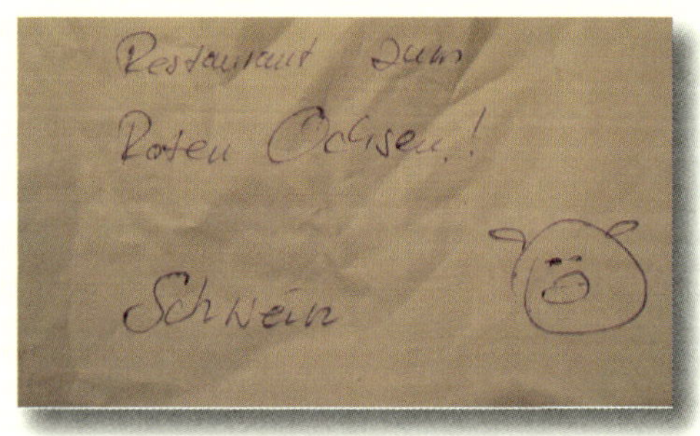

我畫的豬頭 + 當地人的字

戀戀身外物

我們兩條「失魂魚」，在意大利和德國的旅程中，各有所失。

同伴在旅途第二日遊覽完畢，返抵酒店房間後，發覺不見了新買的平板電腦。她一整天沒有開過藏在內衫那個裝電腦的小袋包，所以肯定不會被偷和失掉，我們在房內翻天覆地找，依然沒有發現。她推斷早上出門時太匆忙，把平板電腦遺留在牀上，懷疑是清潔房間的人因貪心拿走，只好向酒店報失，最後還是沒有回音。

同伴的心靈和情緒質素極佳，遍尋不獲後，她說：「算了吧！只是未來的行程有點不便而已（行程資料全都儲在平板電腦內），晚啦！睡吧！」沒多久，我聽見她的鼻鼾聲。她的瀟灑撇脱，視錢財為身外物，令我自愧不如。

旅程結束前一天，我們計劃着行程，思量着應該買貴價車票，還是平價的。若然買貴價車票的，車程只有五小時，而買平價的則花上九小時，中途也需要五次轉乘其他火車。我們旅途中風塵僕僕，現在時間充裕，覺得歇一歇也無妨，而且歐洲的火車舒適乾淨，沿途可觀賞窗外風光，又能慳回一筆錢，就決定開展長途車旅。

要多次搬動重如大石的行李上上落落，我竟綽綽有餘，同伴讚我力大如牛。對將近「登六」之年的我，有點沾沾自喜。這有賴身為窮家長女，自幼要做粗活所練出來的基本功！

轉第四次火車時，急趕接下程火車的途中，突然記起背包遺留在上一班的火車上，可惜為時已晚，無法追回。背包內，有《聖經》、旅途日誌、書刊、羽絨褸、潔膚和護膚用品、乾糧、手信等，發現不見背包後，不禁又慌又亂兼失魂落魄。同伴發揮她臨危不亂的強項，不斷安撫我：「別緊張，一定有辦法的，就算不見了也沒相干，身外物呀……」漸漸，我的心神稍稍安定下來。

甫抵尾站，我們立刻辦報失手續，擾攘一輪才去下榻處。及後，我多謝她：「幸有你失物在先，你的冷靜沉實，處變不驚，給我留下好榜樣。我大情大性，遇事驚惶，學無前後，達者為師，佩服！佩服！」

我常向人自嘲是一名「垃圾婆」，家居的物品有過多之弊，而且大多都是放置多年，甚少使用，甚至是用不着的東西，但又不捨得處置。這次失物的經歷，令我意識自己原來一直害怕失去，好難捨棄，緊張身外物。

記得淑潔幾年前曾和我分享她的一位台灣朋友患癌愈後，為自己許多的「心頭好」找主人，用心思和行動將自己所愛的物品一一送予合適的人。我聽在心中，有所啟悟，很想步其後塵，實踐起來卻也不易。

每次想將物品送給人時，內心就不斷掙扎，這件很有紀念價值的，捨不得，那件是好友的一番心意，不應送人，這東西尚能用就不要丟，那東西太舊又沒人要……如此戀戀不捨，身外物滿屋，直到如今。

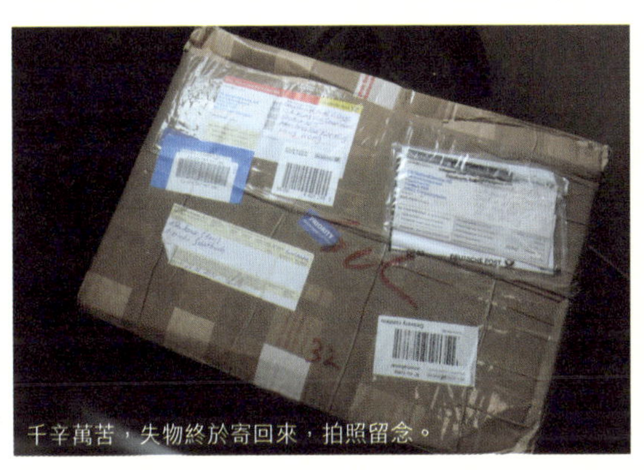

千辛萬苦，失物終於寄回來，拍照留念。

你好似……

人有相似，物有相同，我有三次「疑似」的經歷，在此分享，引讀者一粲！

* * *

當時三十來歲的我，和教會幾位太太在沙田某酒樓午膳之際，一位年約五十開外，推着點心車的「阿姐」在我身邊來來回回，我不以為然，她突然走在我身邊，湊近我耳邊（香港的酒樓總是人聲鼎沸）說：「請問你是否芳艷芬[註]的女兒？你和她『餅印』似的呀！」這突如其來的一番話，令我愕然。

「不是！我姓徐的。」我禮貌地回應。

她還未心息：「我是她的影迷，很喜歡她，你若是她的女兒，別擔心，我絕不會告訴別人的！」

我惟有嚴正地回答：「我真的不是！」

「阿姐」從點心車遞來一碟點心，放在我面前：「沒相干，送給你的！」

我婉拒：「不用了，多謝！」

同桌的會友盯着我，然後笑着說：「徐姑娘，給她一說，又真的幾似！」太太們七嘴八舌地說過不休，我為之氣結。

＊ ＊ ＊

一次在酒樓完了家庭飯局，齊齊歸家。十多人擠在地鐵車廂內，東拉西扯地閒聊時，一位六十多歲，看似草根階層的阿叔，不住打量着我，我暗忖：「此人真沒禮貌，小心提防為妙！」

誰知他竟然和我說話：「阿姐，你真有七八成似陳馮富珍呀！只是個髮型有點不同，真係好似！」

那年，正是陳太獲選為世衞總幹事之年，天天都在報章和電視亮相，曝光率極高。阿叔大聲地對我評頭品足，我的弟妹、妹夫和姨甥站在一旁，笑得人仰馬翻。

＊ ＊ ＊

有一趟，行經佐敦道，在一間小小的民族店舖看中兩條半截裙，正細心挑選時，有兩位年輕女店員看見我，便神色詫異，竊竊私語。不一會，其中一位開腔問道：「請問你是不是曾特首夫人呢？」

什麼？特首夫人？我微笑而語：「若果是的話，我怎會那麼逍遙一人行呢？你們誤會了。」

另一位說：「你真的好似嘛！」

唉！一時說我似芳艷芬，一時又話我似陳馮富珍，更搞笑將我視為「疑似」特首夫人，真要命！

我不介意自己被人誤認為是誰似誰，我只希望，人前人後都讓人知道我是天父的愛女、基督的忠僕。

註：香港 4、50 年代的粵劇名伶和電影明星。

「母親的袋」

友人送我一個來自緬甸山區的織布袋，有着粗黑的帶子，袋上是青、黑、白三色的菱形圖案，袋口繡有白線的緬甸文。因帶子夠粗，袋子夠大，好揹好用，成了我日常愛用，旅遊必備之物。

一次在新加坡地下鐵候車，有三五個頭髮染到五顏六色，剪得奇形怪狀，一身奇裝異服的少年人，在候車站嬉笑追逐，喧嘩叫嚷，惹人側目。

其中一個十五、六歲的少年，見到我的織布袋，突然離羣走到我身邊，尷尷尬尬地以英語問我此袋何來，我如實告之，並趁機問他知不知那緬甸文的意思。

他說：「這是我家鄉的袋，文字繡着『母親的袋』。」剛才仍在喧嘩蹦跳的孩子，此刻低着頭幽幽地說：「我想念我的媽媽。」說罷，他掉頭走了。他為何離家在外？他有多久沒見過母親？我輕觸袋子，鑽入深深的思絮中：「孩子，祝願你早日與媽媽團聚，別學壞，別叫母親擔心！」這時，列車隆隆而至。

* * *

由瑞典到芬蘭的遊輪上，我在甲板上悠然踱步，享受天海一色的遼闊，清風拂體的沁涼。

一位身穿白衣黑褲制服的船務員推着堆積如山的牀單被褥的籠車經過，他一見我的袋，眼睛頓然燦亮，立刻叫嚷：「我家鄉的袋！我家鄉的袋！」興奮如重遇鄉里的忘形，後來跟他傾談，方知他因賺錢養家而離鄉別井，多年未能見家人。

沒料到這袋子又勾起一位飄泊者的鄉愁。這三十來歲的緬甸男士，棕黑的臉上有着雨洗風磨的細紋，深邃的眼眸內藏着對家鄉親人的思念。

想像他在船上的日子，日日天海茫茫，夜夜星光渺渺的孤單歲月，難怪一見我的袋子，反應如此不尋常。

「願你早日回故鄉，重享天倫樂。」我誠心地祝福，他報以一個感謝的微笑。

每次我揹着這「母親的袋」，總會想起這兩位飄泊的旅人。

「母親的袋」伴我走天涯

4.2

做隻鐵蝴蝶

冤枉

傷羊阿昌四十開外，無法言語，要用輪椅代步，但他沒有做「宅男」，如常人般生活，自行乘復康巴士外出活動，自己購買食物用品，且能煮些簡單飯菜，惠及院友。

最近，他買了一套保溫袋和冷凍劑，作鮮魚鮮肉冷凍保鮮之用。一位院友見這用品不錯，請他代買一套，樂於助人的他一口答應。

位處禾輋商場的那間店舖不便輪椅入內。由於阿昌語障，他便用自己的那套作樣本，帶到收銀處，咿咿呀呀的表示要買同一款貨品。女店員見他手上拿着有其店舖貼紙的貨品，誤以為他偷了貨物出門，回來假扮再買一套，便兇巴巴地對他惡言惡語，阿昌欲辯無言，嚇得面青唇白。幸好，他突然記起有一位傷羊姊妹阿敏在同一商場內，於是用手提電話聯絡了她（他和熟悉的人有一套溝通方式，是別人難以明瞭的）。

十分鐘後，傷羊姊妹阿敏趕至，見阿昌驚惶萬狀、呆若木雞，於是向店員解釋一番，事情才告一段落。

當阿敏向我講述這事件時，心中感到憐惜又酸楚。

我的羊兒已經受着諸般的限制和病痛的折騰，被嫌阻路的怨言，還不時承受歧視的眼光、誤會和誣告。

阿昌請阿敏告訴我，他希望在主日講見證（如此苦況，尚要講見證？），他說：「雖然慘遭冤枉，被人惡待，幸好天父使我記得阿敏在附近，且能聯絡得上，才可解窘，不致報警，很感謝神。」聽罷，我好想擁抱他。

阿昌真是實踐了「凡事謝恩」的真理，沒有怪店員的冤枉，沒有陷在被屈的自憐，反而見證事事有神恩，不生惡毒心。

傷羊被冤枉的事件，也勾起多年前我的經歷。

有一次，我在一間華資的超級市場內閒逛，沒什麼可買，正要離開之際，店舖經理出來攔截我，說懷疑我偷了店內貨物。當時正值中午，許多家長接了孩子放學，順道買東西，在眾目睽睽下，經理要求搜我繫在腰間的風褸。我把風褸交給他，也將褲袋翻出來，當然什麼也沒搜到，他連聲道歉。原來收銀員懷疑我是盜竊者，故通知他截查我。

我的心坦蕩蕩，但也感到尷尬難堪，店員為何懷疑我？我似賊婆嗎？旁觀者怎麼看我？我沒有答案，只有一顆平安和無愧的心。還記得經理道歉後，我昂首挺胸、正氣凜然地走過人羣，深秋的陽光灑滿身上，我默默禱告神，求主助我一生磊落光明。

俠女

當上女傳道不久，就有同道叫我「俠女」、「徐大俠」，抓破頭也不明所以。或許，因家中居長，不經意流露了大家姐本色吧？又或許性格獨立、敢言，做事比較明快決斷？真的不知道何以有此尊稱，甚至曾懷疑這是揶揄抑或貶語。

多年前，一次崇拜後，我的輔導師傅語重心長地說：「玉琼，你站上講台總有『女強人』氣派，會嚇怕弟兄，令他們不敢追求你。我看你對老人家和小孩子總是溫柔無限，其實，你有柔情的一面……」我感謝她的提醒，但心底裏也不禁反問：「難道我在台上要嬌嬌柔柔、嗲聲嗲氣嗎？」直到今天，台上台下，仍是一個真我。

有一年新春，大夥兒到香港政府大球場看賀歲波。當日天氣熱如初夏，觀眾都穿上夏衣，黃昏時分仍令人揮汗如雨。

波終人散，隨人潮到了車站排隊過海，長長人龍中，發現前面幾位「哥哥」在隊外抽煙，我心想：他們插隊！一有此念，膽色即至，勇猛地走到他們面前，按捺着脾氣，客氣地說：「先生，人人都在排隊，請你們不要插隊。」幾位阿哥身型魁梧，一位更是紋身漢，他們看似地盤工友，又似黑社會人士。

人龍中有一位忙不迭説：「小姐莫誤會，他們是我的朋友，因怕抽菸燻到人，才企出隊外，他們也是排着隊的。」「是呀！我們沒有插隊！」

「那就最好啦！」我回到友人旁，他們輕聲罵我：「你呀，膽生毛了，若他們動粗打你，我們怎保住你？真給你嚇破膽！」友人邊説邊捏汗，是太熱？是驚惶？而我，真的沒什麼，只知道做人要公公道道。

做了堂主任很多年，對內要帶領同工與會眾，對外要聯繫不同的教會、機構和有關人士。人在其位，就要有承擔力、責任感。我曾為保護我的傷羊，代他們向借錢不還的院友追債，曾為兩位因不和而險些動武的弟兄以身擋護，阻止意氣之爭，之後尚要輔助他們道歉言和。

撐起一頭「家」（教會）實在不易，我非俠女，但我希望做「合女」——合神心意的使女。

最難忘的安息禮拜

傷羊毛毛姊妹由出生至五歲只會爬行，不能站立，後來才知患上肌肉萎縮症。

肌肉萎縮症令患者渾身無力，最終要坐輪椅。她入住一間痙攣院舍，二十來歲，更患上婦科病及糖尿病，饞嘴的她無法接受雙重打擊，曾一度絕食求死，差點沒命。幸好，後來信了主，我為她在「方舟」洗禮。

信主以後，她變得積極開朗，成了教會的好幫手，幫忙打點院友在主日上復康巴士的安排，而且懂得為沉悶的院舍生活添上色彩，常常駕着電動輪椅四出走動，廣結友誼。另外，她乘低地台巴士去探望獨居老人，展現陽光笑臉，對晚景堪憐及苦澀怨懟的公公婆婆親和地說：「你們年紀大了才行動不便，身體不好，我五歲就不良於行，遭人歧視及欺侮，也曾求死，但你們看看我今天不是活得很好……」

她成為活見證，也成了公公婆婆的開心果，許多長者因她得着安慰和鼓舞。在某年，她被選為「十九區傑出義工」之一，我也有幸被她邀請出席嘉許禮。

2003 年底，毛毛不適入院，情況突然急轉直下。昏迷了一星期後，終在 12 月 30 日清晨辭世，我和同工趕赴北區醫院時，她已撒手塵寰。同日早上，家父也安返天家。那個上午，我無比哀傷。

毛毛的安息禮拜前一小時，我已抵達靈堂，在停棺處赫然發現她的口角、眼角、耳朵、鼻孔滲出淡淡的血水。此事非同小可，立刻召來殯儀經理問箇究竟。他答道：「醫院在病人死後必須用棉花塞住五孔的，可能處理不當才有此情況。」我要求他立刻請化妝小姐來補救，免得令人不安。

奈何不想發生的事還是發生了。當我們瞻仰遺容時，毛毛的五官仍滲着血水。

事後，深深反省和分析，醫院和殯儀館在這事上都有疏忽。我很難過，也很內疚，覺得自己辦事不力，令她的家人和親友更加傷心。

這是我負責的安息禮拜中，最難忘的一次。

我嚴正又霸氣地對殯儀經理說：「我不要再有下次！」

幸而至今，真的只此一次。

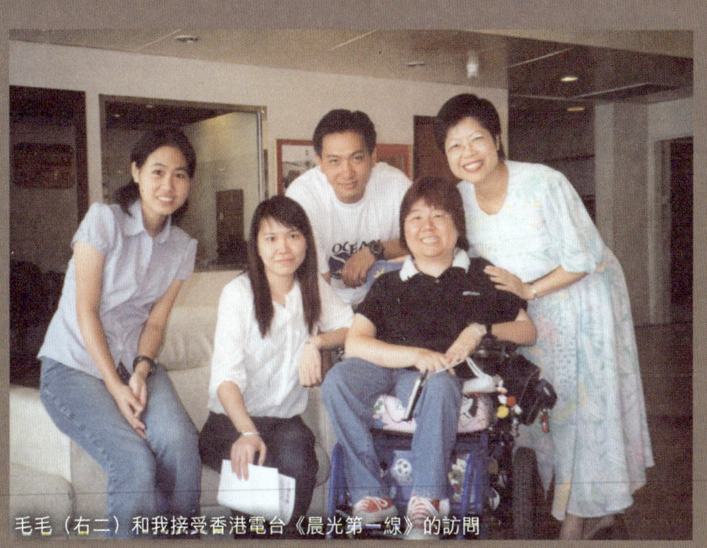
毛毛（右二）和我接受香港電台《晨光第一線》的訪問

一把火

C 弟兄的姻親彭先生，五十開外，正值盛年，突然驗出患上肝癌，病情急轉直下。那段日子，C 弟兄向彭先生傳福音，帶他決志信主。後來，我被邀到聖母醫院為他洗禮。看見彭先生時，他瘦得皮包骨，膚色臘黃土灰，兩眼深陷，情況不妙，幸仍清醒。他的妻子、兩子一女和 C 弟兄夫婦圍聚牀邊，見證這重要時刻。三天後，彭弟兄與世長辭，安返天家。

我帶着孤兒寡婦，一行五人去殯儀館辦理彭先生的身後事。殯儀經理領我們揀棺木，家人哀哀切切，淚眼模糊，不知如何取決，我安慰他們說：「各位，彭先生不再受病痛之苦，他因信主已經返回天家安息了。」為了他們經濟着想，我好意地建議：「選取廉價的棺木就可以，反正『一把火』就完了。」他們默然無語，只是垂淚。

殯儀經理繼續帶我們看棺木，彭太突然停在一個外型高貴的棺木前，一看便知價值不菲。「爸爸一生為我們克勤克儉，未曾享福就離我們而去……」她泣不成聲，「就這個吧！讓他『住』得好一些。」三個子女點頭回應，然後擁着媽媽，抱頭落淚。

我立時知道剛才「衰多口」，「好心做壞事」。我有「三不該」：

一、在對方沒有詢問前，不該隨便加自己的意見；

二、不該說「『一把火』就完了」，對家人來說，這三個字是多麼刺耳。言者無心，但離世者是他們的至親至愛，我沒有顧及他們的感受，是千萬不該；

三、不該以信徒百無禁忌的觀念看待這未信主的喪家。

彭太沒再說什麼，事就這樣成了。之後，在殯殮、安息禮拜、火葬禮的儀式上，我都盡心竭力為這家庭。

連續幾年的聖誕節，我都收到他們託人送來的禮物及聖誕咭，內中仍不忘對我道謝，也簡短分享他們的近況，且連着四人的簽名，令我感動，也紓解我失言的愧疚。

每當有神學院邀請我講道、分享牧會課題，或是對神學生的督導，我必再提這「一把火」的故事，希望台下的各位引以為鑑，因為這也是我一生的鑑戒。

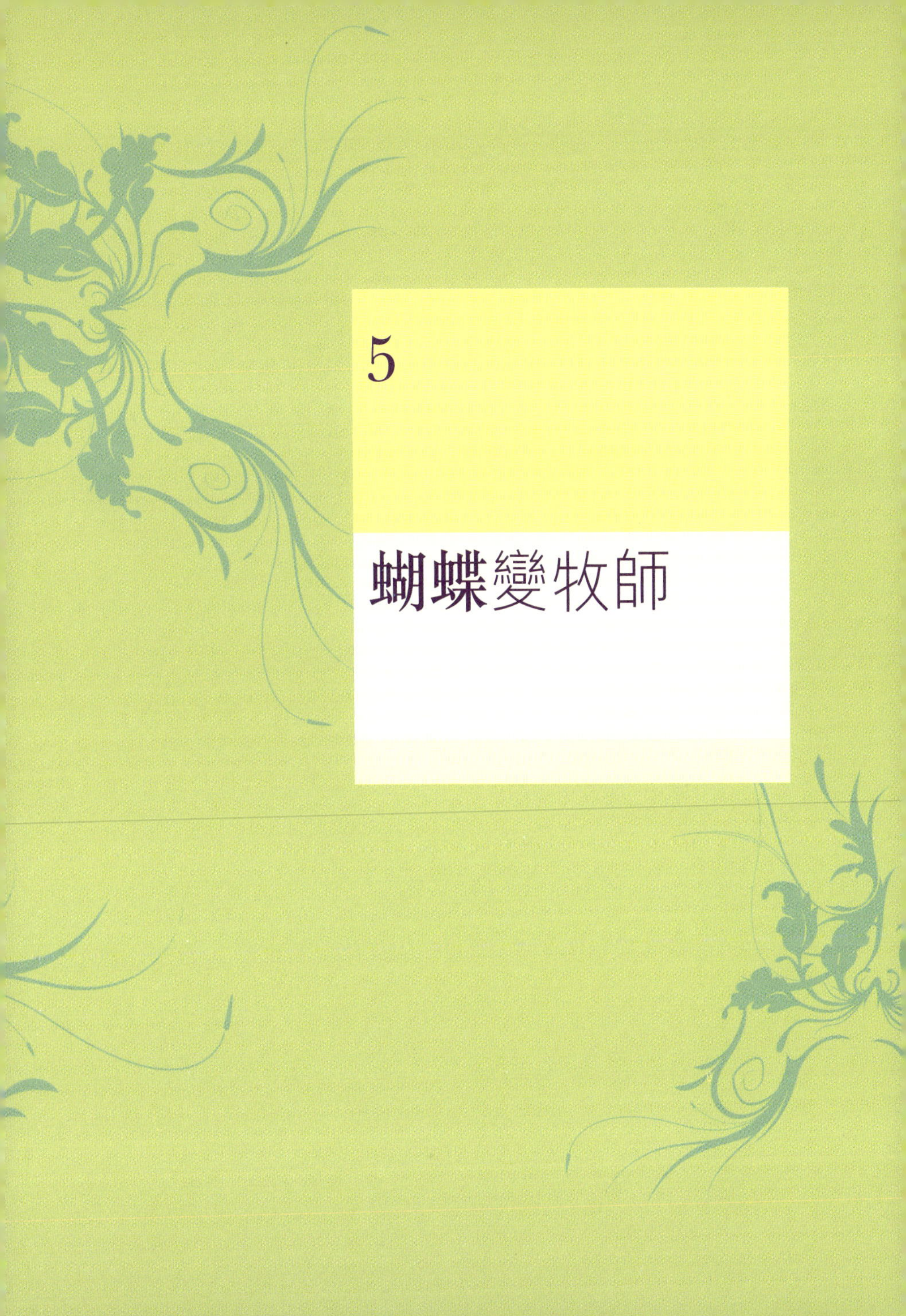

5

蝴蝶變牧師

我是幸福的牧師

「我是幸福的牧師！」2006 年，一次主日崇拜後的座談會，我在中神近四十位學生和導師面前，說出了這一句。之後，我竟為這句話感動良久，感謝主更新我的心。

因為我的成長坎坷，常言自己「命苦」，從不覺自己幸福；

因為牧會是高危行業之一，壓力大，挑戰多，每每人事兩纏磨，幸福，稀矣！難矣；

因為事奉全然投入引致疲勞，「上班一條牛，下班如死狗」的口頭語常被我掛嘴邊，怎會聯上「幸福」二字？

但是，現在的我真的感到幸福，神賜我有三位恩賜不同，氣質相異，性格獨特，卻能同心服事的好同工。福也！

蒙神信任，將傷健羣羊託付牧養。傷的生命力，健的承擔力，令「方舟」十個茶壺雖無蓋，大家仍能努力，互相珍惜，以愛共融，默默守護這個家。福也！

另外，為着我在「方舟」有着不同角色，令我的事奉如一齣劇力萬鈞的連場好戲。福也！

說起我曾擔綱演出的角色，真的精彩絕倫——

1. 天國傳譯員

「方舟」有十多位不能言語和語障的肢體，這十年來相知相交，我漸漸聽懂羊兒的聲音，但仍偶有失手，弄得笑話連篇，幸好「方舟」人慣了如此場面，見怪不怪，反成了喜樂之源。

有一位語障的姊妹 Apple，在崇拜講見證，她提到與友人到中國廣東江門旅遊，車途中坐在巴士後排，看不到窗外風光。突然，友人看到街上有人倒卧在血泊中，便立刻轉頭對她說：「外面有『鹹魚』！」

我聽不到「鹹魚」二字，懊惱非常，會眾也乾着急，立刻幫口說：「是『牛屎』。」又有人說：「毫子」(硬幣)，還有「輪椅」、「蠔豉」之聲此起彼落，反應熱烈。

Apple 一臉漲紅，不住搖頭。最後我聽懂了是「鹹魚」時，全場笑得半死，我也揑一把汗。

這腳色不易做，但勝在我臉皮厚，不怕「瘀」，勇於猜估。哈！現在，終於成了「方舟」首席翻譯員。

2. 告解牧師

羊兒對我的真心真意，信任程度，有時令我咋舌。曾有幾位「方舟」人主動在我面前訴說生命中的軟弱與幽暗。

「徐牧師，我犯了罪……」然後，一五一十道出他的「犯罪事件」，臉容充滿罪咎，眼神流露懺悔地看着我。

一顆又一顆的悔罪心靈，令我一次又一次被觸動，念出神的話，助他／她去認罪禱告，輔導他／她努力面前，靠主誇勝！

我如天主教的神父般，聆聽羊兒的悔罪聲，向主求寬恕，也代表主宣告赦罪之恩！

如保羅所言，我是罪人中的罪魁，只是蒙神的恩典才成。神藉羊兒提醒我要勇敢和真切地正視生命，我不單是神的女兒，更是主的僕人，這身分教我怎不戰兢？怎不警醒？

3. 大喊十姐姐

「方舟」是一個令人感動落淚的教會，雖為女性，但因是長女、大姊，又擔起堂主任一職多年，早就練得一身男子氣概，人前英姿颯爽。有人稱許我是有承擔力及應變力的女牧師，更有男傳道叫我「女俠」;有祖籍北京的弟兄稱我「鐵哥兒」、「小兄弟」。誰想到在「方舟」內，我變了「大喊十姐姐」，唱詩時被觸動會哭、聽見證受感動會哭、看見健羊義無反顧地委身的服事會哭、看見傷羊受着百般折騰仍堅持所信會哭，看見傷健共融在愛中也會哭。

哭又何妨？淚眼看「方舟」，常見彩虹！

4. 大玩偶徐徐

「徐牧師身上可能有一種特別的氣味，會吸引小朋友親她。」同工曾半說笑半認真地說道。

是的，「方舟」的小朋友傻呼呼的，一旦會行會走會說話，就跑到我身邊：「徐徐，追我呲吖！『唧』我呲吖！」我樂於奉命而行，追追唧唧，有時又扮演他們的母親、皇后，隨着他們的想像力傾情演出。每個主日，孩子和我都樂此不疲，幸好他們的父母早就接納這個「大細路牧師」。

如此追出了情，唧出了愛。

「徐徐，你老了不用怕，我會替你搥骨，還有餵你食飯，你病了，我會陪你！」五歲的心心誇下海口，我樂透了！

一次行山，十歲的琳琳與友伴走在前面，她六歲的妹妹希希則拖着我的手。「琳琳長大就不理徐徐了，希希大個女都會唔理徐徐啦！」我正唏嘘之際，她義正詞嚴，語帶安慰地說：「不會的！就算姊姊不拖住你，我都會拖你，人人都是不同的，難道你不知道上帝做每個人都好獨特嗎？」她儼如一位神學家，教曉我一個重要真理，我只有連忙敬禮應道：「是！」

眾多角色中，此乃我的最愛，能與孩子一起，做個玩偶又如何！

5.「方舟」的羊媽媽

那是我最擅長，最稱心又稱職的演出。

半百之年，牧會二十三載，母愛的心澎湃，全傾注在「方舟」內，傷的、健的、老的、少的，大小通愛。

我認識我的羊，誰可以疾言厲色，誰要輕言軟語，誰要恩威並重，誰要保護憐惜，誰要絮絮叮嚀，我都心中有數！

羊媽媽也有疲累低落，失誤失控時，羊兒懂得包容和體諒，代禱與關愛。沒有難處嗎？沒有艱辛嗎？多的是，但都忘記了。只知道，做「方舟」的羊媽媽好幸福！

孩子是我的心中寶

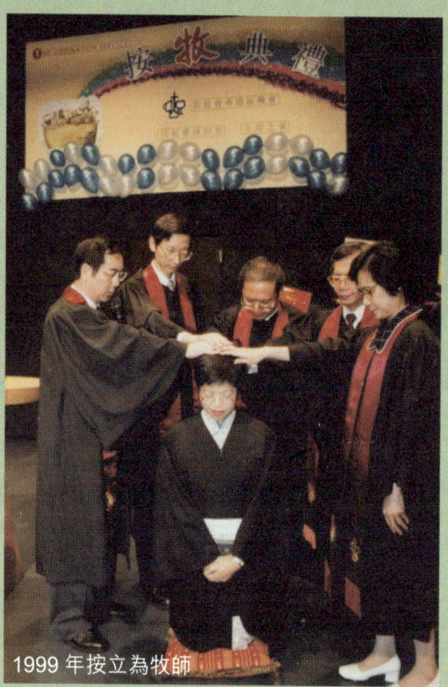

1999 年按立為牧師

女牧師奇遇記

1999年6月13日，按牧禮後，我忙於接受祝賀、拍照之際，會友八歲的女兒走到我面前，她以擔心又狐疑的眼神望了我一會，然後問我：「徐姑娘，你做了牧師後是不是要變男人了？」她一臉認真地說。我蹲下身看着這可愛的小女孩：「為什麼我做了牧師就要變男人呀？」「因為只有男人才可以做牧師嘛！」原來小女孩是如此界分。我順勢逗她：「是啊，我就要變成男人啦！」她立刻掉頭走到媽媽的懷裏，驚惶不安地擁着媽媽說：「不好了！徐姑娘變成男人了。」我仰天大笑。

那天，面前還來了一位陌生的女士，她滿有禮貌地說：「徐牧師，恭喜你，可否與我拍照留念？」「當然可以！抱歉，未認識你是哪位帶來的朋友？怎樣稱呼呢？」「我是看到你的按牧啟事而來的，因為我與你同名同姓。我也叫徐玉琼，現正在信義宗神學院念神學⋯⋯」這真是奇妙！兩個徐玉琼相遇，竟都有幸被神選上，作她的使女，我熱情地與她相擁，拍下一幀「徐玉琼遇上徐玉琼」的照片。

同名同姓能相遇，已經奇妙，二人更同蒙天召，同作傳道，後來，我知道她跟我一樣，也曾做過幼兒園的老師，她現在她於老人中心當院牧，我則牧養傷殘病弱的一羣，更是奇妙中的奇妙。

有一次，我去加拿大探望我的好友，來到入境關卡，外籍女關員循例地沒有表情，一邊看我的護照，一邊以英語問：「你來加國的原因是什麼？」我以蹩腳的英語一一回答，直到我提到職業是牧師時，她迅速抬頭望向我，臉上出現難以置信的表情，然後一溜煙的不見了。不一會，她領了兩位女關員到櫃台，輕聲地對她們說：「她就是我說的女牧師！」

她們三人靦腆又興奮地說：「我們未見過女牧師，覺得好榮幸……」之後，三人笑意盈盈，禮儀周周地送我過關。

哈！從未如此風光過！

又一次，友人為兒子擺了幾席百日宴，有幸被邀請在筵席中為孩子祝福及謝飯。我當然不會推辭，開心又誠心的祝禱。

散席了，主人家在門口送客，我正要道謝離開，三位十來二十歲，髮型潮爆，又紫又金，衣着打扮入型入格的「型女」蜂擁着我，輪流用力又摸又握我的手，熱情興奮地異口同聲說：「哎喲！牧師，我們要沾沾你的神聖呀……」我面對如此突如其來又無厘頭的舉措，差點兒不懂應對。

這幾幕既深刻又搞笑的場景，為我帶來許多思考和反省。

原來，女牧師是許多人眼中的「稀有品種」，教人另眼相看，被看高幾線、備受敬重、禮待的聖品人員。

可惜，久不久就在新聞報章上，報導某某牧師或傳道涉嫌犯了某些罪行而被拘被控，甚至鋃鐺入獄，令神的名受虧損，信譽蕩然無存，我也汗顏羞愧。

牧師畢竟只是一個人，沒有犯罪的免疫力和超能力，反是撒旦攻擊的首要目標，為此被神選上的同道，我們豈不要戰戰兢兢地盡上本分？豈不警醒謹守地服事神？豈不需要弟兄姊妹的守望？豈不需要天天在主前省察？

我常道：「作神僕人是福中之福，若一旦犯罪作惡，神的管教與懲治，定必嚴中最嚴。」

最後，以〈哥林多後書〉6章3節共勉：「我們凡事都不叫人有妨礙，免得這職分被人毀謗。」

按牧團和主禮嘉賓

戰衣

初做牧師，在崇拜中為信者洗禮後，一位信主多年的傷羊L姊妹以責備和教訓的口吻說：「你為什麼不穿牧師袍？你知道嘛，這是一個重要和神聖的大日子，對傷羊尤甚，我們難得在人前有此光榮時刻，你卻如此輕率……」即場被責難，實在不好受。

事後反省，覺得L姊妹言之有理，當時按牧不久，真的沒有強烈意識穿牧師袍。事隔多年後，我仍多謝她的提點。

蔡元雲醫生太太曾如此說：「徐姑娘！（她習慣這樣稱呼我，早年改不了口）你做了牧師，以後凡是聖禮及婚喪喜慶，必須穿上牧師袍呀！你是女性（當年女牧師是極少數），穿上牧師袍才能表明你尊貴和神聖的身分，對信與未信的人，同樣重要。」蔡太常以愛心和智慧之言鼓勵我。

健羊J姊妹是一位藝術創作人，一次洗禮主日散會後，她走到我面前：「徐徐，你穿上牧師袍時，我感覺是神為你穿上一件『戰衣』，為主爭戰……」我怔一怔，原來牧師袍是上主給我的「戰衣」，多新穎，有意思！

J姊妹的說話，令想起陶志威弟兄（幸福營創辦人Jackie Pulinger的丈夫）的禱告。在他臨終以前，我去了威爾斯醫院探望病重的他，他按手為我祈禱。他知我在「方舟之家」的事奉殊不容易，特意求神為我穿上全副軍裝，他對我的祝福，令我銘感至今。

有一次，為一對相識多年的世伯、伯母洗禮。世伯的身體病痛虛弱，所以洗禮在他們家中舉行。那天滿屋至親見證這美麗與感人的時刻，當中一對少年兄弟（洗禮者的侄孫，哥哥十六歲，弟弟十四歲，他倆自幼年就認識我），首次見我穿上牧師袍，他們不住盯着我，流露出羡慕與敬意，他們對我説：「徐牧師，你今日好型呀！我將來也要做牧師。」看着這對少不更事、俊朗溫純的小哥兒，我溫柔地糾正他們的想法，説明做牧師必須來自上主的呼召，以及人願意為主作工才是最重要。説罷，兄弟倆乖乖地點頭。

幾年前，我已交託家人和好友，若有幸蒙主寵召，請按我的意願辦理身後事，其中一件是為我穿上牧師袍，無需蓋上十字被，因為我要穿着「戰衣」見我的元帥耶穌基督，就如保羅所言：「那美好的仗我已經打過了……」（提後四 7）

每次講道我都有講道前焦慮症和講道後憂鬱症

聖品人員

多年前，與蔡元雲醫生太太午膳後，我倆爭着結賬。蔡太說：「你是聖品人員，身分尊貴，該被敬重，能請牧者吃飯是我的福氣，由我吧！」

之後，「聖品人員」這四個字在我的心靈迴盪良久。

當時，我是事奉的新丁，看自己是卑微的使女，小小的女傳道，沒有自信，害怕不被會友接納。後來明白了，這是因為成長中的缺陷，父母甚少肯定、鼓勵和欣賞我，他們總是說着責備叱罵和侮辱的話，令我難堪，塑造了我自卑自憐的性格，常以「妹仔」心態做人。

蔡太的一番話，讓我認定：我是神尊貴的「聖品人員」！

張弟兄是我在母堂（宣道會沙田堂）事奉時的會友。多年以來，我家居的電器壞了，都是請他幫忙維修，我這個電器盲對他非常感激。有一次，他更請假為我的居所裝修（維修電器和裝修非他的本行），我多謝他和他的太太（丈夫好也要妻子好），張弟兄總是謙和地說：「你是神的僕人，是作神的工，至於這些俗務，由我這個俗人理好了。」又是一番令我銘刻心田的話。

上主給我們有不同的分，只要能各盡其職，互補不足，學習分享，神的美善就會彰顯。

記得按牧不久，我出席家庭飯局，十多人要分開兩席，八人一圍，我們幾姊妹同坐一起，正高談闊論之際，我不知說了些什麼語帶激昂的話，坐在另一圍、約十歲多的姨甥民民突然站在我背後，輕輕地拍拍我的肩膀，說:「大姨，你是一位牧師，不要這樣說話！何況在公眾場合……」他掃掃我的頭髮，儼如一位長輩提點後輩。

我有點尷尬，一時不知怎去回應，定神之後說:「大姨知道，謝謝民民！」我立刻醒目做回一個「乖孩子」，他才安心地返回座位。我沒有怪責他，倒是欣賞他的勇敢與直言，認定他是上主差來提醒我的天使。自此，他這番說話偶爾在某些場合就會浮現。

多謝提拔我的父神，用人間天使來肯定我、扶助我、提醒我是「聖品人員」，既得尊貴位分，又被信任和尊敬，怎不忠心服事？怎不警醒謹守？

牧師外的角色

我在「方舟之家」《十周年紀念特刊》內有一篇文章，寫自己在教會裏有着不同的角色，如天國的翻譯員（為有語障的傷羊）、大喊十姐姐（因我常被神在「方舟」的作為所感動）、孩子的大玩偶（「方舟」的小人兒總在崇拜後要我陪他們玩追逐遊戲），還有是「方舟」的告解牧師和羊媽媽，令我事奉好精彩，好蒙福！（可參考〈我是幸福的牧師〉）

今年是我事奉三十周年，許多回憶湧心頭，特別記起兩個很特別的角色。

1983 年 7 月，剛開始在宣道會沙田堂的事奉。10 月的某一天，一位不太熟稔的姊妹邀請我出席一個特別的飯局。她和未婚夫去到談婚論嫁的地步，安排雙方家長首次見面，女方父母按家鄉傳統要求有男女雙方的「媒人」在當中作為見證人。為玉成會友的人生大事，我就答應做一次「媒人婆」，男的請了他的同事朱弟兄幫忙做媒人公。席間，男女都要向父母說：「他／她是我的媒人。」而我和朱弟兄要說：「是的！」這才達成所謂的媒妁之言。

自此，我不單成為這對弟兄姊妹的屬靈好友，連他們的父母都對我敬愛有加，尤以弟兄的父親，多年不變地欣賞和信任我，常向我講說他人生的奮鬥史，甚至老來身體走下坡的憂慮，這都是我沒想過的祝福。

今天，這對弟兄姊妹是教會的模範夫妻，同心事奉的好拍檔。多謝主，這是做「媒人婆」得來的福氣。

1988 年，一位當警察的姊妹在警察團契認識她的另一半，戀愛成熟，開始籌備婚禮。她請我擔任伴娘，豪爽的我又拍拍心口上馬。

在一次三人會面後，弟兄按地點，先送女朋友回家，再送我歸家。當車上剩下我和他的時候，我竟然老氣橫秋地說：「你要好好愛錫她！因為她成長坎坷，身為大家姐，弟妹眾多，一直承擔沉重的家庭責任，壓力好大……若你對她不好，我會找你算賬……」時年三十有四的我，竟向一位認識不久的警察弟兄作出恐嚇，真是嚇人！幸好他沒有給我這番話嚇壞，仍能安全駕駛，只是戰戰兢兢地點頭回應：「一定！一定！」

1989 年，我們仨隨團到中東五國，共同經歷一次難忘和愉快的朝聖之旅。

弟兄一直信守承諾，愛妻疼女，二人恩愛恆渝，我老懷安慰。今年是他倆結婚二十五周年，我鼓勵他們大事慶祝。我到時還決定將這故事傳開，作為他們的賀禮呢！

為會友當伴娘

惡牧師與惡阿姨

九型人格理論中，我屬八型 —— 領導型。性格是果敢剛烈，甚者會帶着強悍霸氣，令人有壓力。從遺傳學而言，我承襲了父親的火爆暴躁。若不是神憐憫，不斷修剪與陶造，我肯定是一個殺傷力強的女子，然而，我偶爾仍會因某人某事而牽動了潛藏的惡形惡相。

一次主日崇拜，不記得為何事氣上心頭，一站上講台就晦氣地說：「崇拜開始了，請你們關上響鬧裝置，連震機也不准開。」語調嚴厲，臉容僵冷，會眾登時目瞪口呆。話一出口，自知過分，又一趟「衰咗」，幸好上帝給我的傷健羊羣都是成熟親和，知道這位牧師有時爆發一陣情緒，發一輪惡就沒事了。我的快人快語，胸無城府，不會裝假，令會友敬我愛我又有點畏我。多謝主使我不用戴面具，穿戲服做人，真誠相向，絕不虛偽。所以，在會友面前，我常以「惡牧師」自居。

2月中旬赴澳洲，機艙內，鄰座是一位漂亮高佻的年輕媽媽，兩位約五歲和兩歲的女兒標緻可人，一看已知是混血兒。她們整整三小時不停叫嚷、哭鬧、尖叫，母親出盡法寶也無法令姊妹倆靜下來。

我為了完成休假前的工作，已忙得頭暈轉向，拖着半條人命上機，本以為可以在機上睡個賊死，沒料到給這兩個「娃（嘩）鬼」弄得小寐也不能。心中怒火上騰，於是板起臉孔，瞪着雙眼，壓低嗓門叱罵她們：「不要吵！快睡覺！不然阿姨打打！」説話一出，果然立刻奏效，姊姊快快地跳回座位上，蜷曲身體扮睡寶寶，不敢出一句聲，妹妹向媽媽投懷送抱，怯怯地望着我，不斷説：「阿姨打打！阿姨打打！」機上頓然安靜下來。不久，姊妹倆也進入夢鄉。

瞟着這兩個小娃兒，有點懊悔，怪自己説話太兇，語調太重，又怕人家的媽媽不高興。誰料漂亮媽媽説：「謝謝你！抱歉女兒干擾大家，幸好你出口，她們才乖乖去睡。」今次，惡得好哇，造福人羣。

與同行友人説：「唉！在教會做惡牧師，沒料到在飛機上還要做惡阿姨。」

另類宣教士

我念神學第二年的暑假，一天晚上，追看《戴德生與馬利亞》，一邊看一邊感動落淚，沒想到那夜失眠，和神有一場深宵角力賽。

心深處有主的微聲：「玉琼，你肯為我到他方宣教嗎？」我和摩西一樣立刻向祂耍太極：「感動還感動，我不適合嘛！身體不好、學歷不高、父母不允、仍是單身……」我找了十萬八千個理由推搪，但神一直不放過我。

天將發白，我已疲憊得支撐不了，惟有向神投降：「主耶穌，我願意降服了。」一把溫柔慈祥的聲音在我心中迴響：「我不一定要你去宣教，只盼我的女兒學會對我的順服和尊重。」我知錯了，淚如雨下，雖然是三十三年前的事，我卻永遠銘記於心。

一畢業，就去台灣旅行，看看神會否帶領我去台灣宣教，然而真的沒有感動。

多年來，我沒有忘記對神的承諾，而我一直在香港牧會，及至十六年前，開始在「方舟之家」這傷健教會事奉，學習牧養殘障、智障、語障的會友。有一次，突破的總幹事梁永泰博士說：「『方舟』內有很多弟兄姊妹說的是『天國的語言』（指語障和不能言者），好難明白，但很美麗。」「方舟」一位傷殘和不能說話的弟兄宗浩，常常寫信關心肢體，他軟弱無力的手加上控制不了的口水，令信中的字體歪歪斜斜、密密麻麻、調轉方向，口水和筆墨也糊成一灘，看不明內容，只能一味靠估，皺摺骯髒如廢紙，卻是一封溫情無限、心意綿長的「天國情書」。

我漸漸頓悟，原來天父已讓我做了另類的宣教士，牧養一羣不被明白、不被重視的天國王子和公主。我理直氣壯的告訴大家，「方舟之家」是一間實踐宣教使命的教會！

1980 年攝於學院門前

事奉的甜品

一、希希

2000 年的國慶，在長洲花坪山莊的大廳，我對着執委與家眷，哭得涕淚漣漣。心力交瘁的我，陷入事奉的幽谷裏。

弟兄默然輕歎，無言以對；姊妹忙遞紙巾，輕拍我肩，氣氛沉鬱。

一歲半大的希希，不知大人發生什麼事。在廳中走來走去，突然，她發現我哭，立時靜下來望着我。她走到我面前，蹬起腳尖，在我左右兩頰親吻，無言無語地走開了。

我心頭一暖，認定希希是父神差來安慰我的天使。她的父母也有相同感覺，他們說，除了父母和姊姊外，她從不親吻外人。

無論如何，希希，謝謝你的吻，安撫了我的心。

二、樂樂

五歲的樂樂，總愛親暱的叫我「徐徐（音取）徐」。有一天，她說：「我大個女結咗婚，就叫工人起間皇宮，徐徐徐都要入埋嚟住㗎！」

我開心到跳舞，嘩！下半生有着落，就對樂樂的父母說：「好囉，我老有所依，仲有皇宮住添！」

堃與惠玲一臉狐疑，心想：「乜徐徐咁易氹㗎！」

是的，因為樂樂的一句話，我就開心了整整一個星期。其實，有沒有皇宮不是問題，最重要是樂樂竟視我如親人，這就「冧死」我了！

三、琳琳

念幼稚園高班時的琳琳，告訴我長大後要當老師。

「好呀！我的願望跟你一樣，等你大學畢業後，我希望看到你做老師。」我喜孜孜地回應。

「嘩！咁耐，你都死咗啦！」唉！雖然換來是一盆冷水，我惟有希望自己長命百歲，看到「方舟」小人兒長大成人為主所用。

另一次，休假前夕，我對琳琳說：「徐徐有三個星期見不到你啦！」

「不要緊！我會寫信給你同掛住你！」已經是小一的她，忽然在我面上連環親吻五六次，我頓時暈着船去放假。

四、沛沛

一次主日崇拜後，沛沛來到我面前，靦靦腆腆地說：「徐徐，我講件事你知，不過不要生氣！」

「要先聽聽發生了什麼事？」我俯身靠近這慧黠聰敏的八歲小姑娘，聽她告訴我什麼「大事」。

「剛才我和琳琳、樂樂到你的辦公室，看見到你桌面有美味的糖果，就忍不住，未問你就每人食了一粒。」沛沛如向神父「告解」似的。

「這樣是不對的，但欣賞你坦白承認，我就不生氣啦！」

她吁了口氣，肩膊頓時垂下來。小妮子兩眼一轉，又說：「徐徐，我們現在又想吃你的糖！」她一溜煙地在我眼前消失。

五、康祈

主日，我拿着手袋，雙手捧着一盆鮮花，由青年村大堂去「方舟」禮堂。

康祈見到我手忙腳亂，跑前來說：「徐牧師，我幫你開門！」

「謝謝，不如幫我捧着這盆花。」

「無問題！」

十歲的小男孩體貼我，感覺真好。

六、璐璐

幾年前，還是黃毛小丫頭，今天已經亭亭玉立，比我還高，是沛沛、琳琳、樂樂和希希的璐璐姐姐。「方舟」裏的姐姐，就是凌家嬌嬌么女。

她的一句「徐徐」，無限親切。

一次崇拜後，她不經意地搭着我的肩膊，才十二歲的小姑娘，如大人般的口吻說：「徐徐，你最近點呀？」哈！可愛極了，令我的心窩甜甜！

「方舟之家」的事奉，甜酸苦辣樣樣齊，惟是「方舟」的小人兒，成為天父送我的事奉甜品！

但願事奉能長久

感激上主揀選我作神僕，十分珍惜這尊貴崇高的位分。事奉蒙福是我三十年來的信念和堅持，然而牧會是極之艱鉅和高危的工作，代表上主治理教會、傳講主道、牧養主羊，任重道遠，要承受的壓力大得令我力不能勝，引致失眠、煩躁、沮喪……身心虛耗到了一個地步，頻臨崩潰邊緣，甚至曾在不同年間，有三次向教會提出請辭。天父可憐見，多次帶我走過死蔭的幽谷，伴我經過崎嶇的路途。為使事奉能長久，我不斷努力的關注和照顧自己的身心靈……

身體要料理

注重飲食：平日吃的是清茶淡飯，少油、鹽、糖，但誰不愛吃，偶爾我會放縱一下，尤其大時大節。在大吃大喝後，務必提醒自己盡快回復原先的體重。節制是一生的操練。

勤做運動：打從四十歲開始，我習慣晚飯後到戶外散步和做全身伸展的柔軟體操，日子有功，到今天能夠保持身段和關節的柔軟度。

美容護體：經常要站台和面對人，且年近花甲，儀容更要下功夫，美容護膚是不能省的錢。這十年，我有一位很好的推拿師，是主內的姊妹，她力大無窮的在我身上推、捏、搥、搓，甚至腳踏，將我綳緊的肌肉鬆弛下來，很有本領。我每次去見她，就有赴刑場的恐懼，因為次次都超痛、劇痛，慘過「滿清十大酷刑」，矛盾的是我真的得到舒緩。有一次，她一邊「施刑」，同時憂心忡忡地說：「徐牧師，我從未見個一個客人的肩膀像你，好似鐵般硬，我擔心你會死！」吓！沒那麼嚴重吧？被姊妹的話一嚇，我惟有繼續冒着受刑之苦定時拜會，對身體健康我從不敢怠惰輕率。

心靈要整理

心靈札記：小學五年級開始寫日記，習慣每天記下人與事，也記下神同在的足跡。既可抒發喜怒哀樂，又能整理紊亂心靈，讓我心澄明、我靈清醒。

晨禱暮靜：早上起牀，必向主求取今天的恩典和智慧，心靈就得着力量。很多時，我和耶穌有夕陽約會，沙灘靜步，和祂談談情、說說愛、唱唱歌、甚至訴訴苦。睡前，為一天的平安謝恩，為擔掛的一一交託，願主賜安眠。

定時退修：每年必有三、四次去我的聖地——長洲思維靜院退修。安靜主前，讓聖靈光照生命的陰暗，洗滌污穢的心塵。

屬靈導師：在不同的事奉階段，天父為我預備多位屬靈導師、主內好友與我同行，予我支持和提點，陪我哭也為我喜。

我的事奉人生能走到今天，全是主恩典。

為司徒華施聖餐

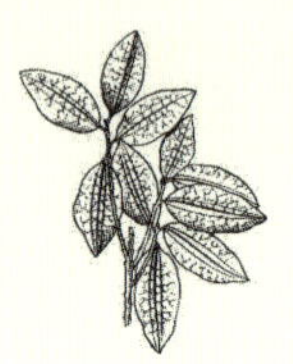

2010 年 12 月初的一個晚上，在沉沉睡夢中，傳來一句清晰的聲音：「玉琼，去為司徒華施聖餐！」語調如一個命令。

醒來，立刻自我分析，最近頻頻陪伴會友走過最後一程，臨終的牧靈引發了我對人多了悲憫之心，或許因而產生這句夢中的話吧？

接着，在十多天的的忙碌生活中，這句話卻縈繞不散。

12 月 21 日傍晚，去威爾斯醫院新大樓探訪一位嚴重傷殘，又剛做完手術的傷羊姊妹。她是被疼痛折騰的苦者，我為她祈禱讀經，陪伴安慰。

離開醫院，走向馬鐵方向，那句話又在我心內冒響，佇立在夜暮與清寒的行人路上，我作出禱告：「天父，若真是祢的吩咐，願祢去成全，若只是一個夢，就今晚作罷。」

轉身折返醫院大堂，先去詢問處查詢，到了六樓私家病房，落地玻璃大門正關着，剛有一位女職工推着小鐵車進入，我隨步跟往。

一位女護士問我探誰，我說：「司徒華。」

她回答：「在五號房。」

門外站着一位全身穿上保護衣的男士，見我行近，問道：「何事？」

「探司徒華先生。」

「可認識他？」

「不認識！我是位牧師。」

他走入房內，帶來另一位滿頭白髮的男士，同樣的對話，我只多說一句：「我在夢中聽見上帝叫我為司徒華施聖餐。」白髮叔叔（及後知他姓蔡，是司徒華妹夫）叫我稍等，便轉回病房去。不久他引我進內，司徒華先生插着氧氣管，卧在牀上，房內有五位女士。

我道出原委，並告訴他在之前的書展中，曾請他在《捨命陪君子》的新書上簽名，故有一面之緣。

精神尚好的他聽罷回應：「是現在施聖餐嗎？」我答：「我沒有帶聖餐用具，因不知道能否探望你……今次雖冒昧打擾，但我真的按着神的指示而至，多謝你們的信任，可否讓我臨走前為你祈禱？」他點頭說好。

我的禱告內容：「主耶穌，多謝祢賜司徒華弟兄多年來一直忠於祢賜予他的召命，在民主路上勇往直前，是祢保護他，因為政治黑暗，人心敗壞……在弟兄的病患裏，祢必定賜他恩典與平安……」

我張開眼，見司徒華熱淚兩行，哽咽無語，我輕拍其手背說再見。

12 月 23 日，陽光和煦的下午，我們一行約十人在朱耀明牧師的帶領下，唱出了《普世歡騰》，我領在場者禱告，朱牧師再以神的話，開始了聖餐的神聖時刻，司徒華弟兄一直流着眼淚，我相信這位民主路上的鐵漢，崢嶸風骨的儒士，此刻卻是天父所愛所寶的愛子。上主特為他擺設了天國的筵席，鋪排了永生的義路。

事後，我反覆思想：為何上主揀選我作這事？

我和淑潔在 12 月 24 日午餐時，分享這特別的經歷，她聽罷放下餐具，一臉詫異地回應：「神好愛司徒華，差派一位陌生的女子，告訴他神沒有忘記他，也肯定他所作的得蒙記念。而你既肯順服，又勇敢闖關，神真好！」淑潔一番話，我全然明白了。

是的，神真好！

6

外一章：我的傷羊

不是人話

傷羊姊妹小驢（化名）出生時患了罕有的血管瘤及骨骼增生症，隨年紀不斷增生擴大，進出醫院及做削骨手術無數次，箇中苦痛，可想而知。

那一年 8 月，她因發燒及肺炎入住醫院，氣促、咳血，情況並不樂觀，捱過「千刀萬仞」的她，今次情緒異常抑鬱跌宕，對我說好想返天家。中秋節，她可以出院了。其實病情未有好轉，用了氧氣管也無助呼吸暢順，整日在梳化半卧半坐。她謝絕探訪，拒聽電話，小驢的父母告訴我她天天以淚洗面，脾氣變差，全無鬥志。傷羊身心皆苦，只有不住的致電，祈禱神讓她肯見我。

10 月 1 日，終於在她允許下造訪她的家。但見她珊珊瘦骨（進食困難），一臉憔悴（無法卧睡），說話斷斷續續（已戴上氣氣管），淚水串串（誰憐她的苦）。這天，聖靈藉我提醒她離世前應有的心態和準備，出於神的，果真有效。

10 月 5 日，再探她時，小驢告訴我，她沒有哭了，也不再鬧情緒，且對父母說安慰和感激的話，又樂意見弟兄姊妹，和他們說再見。我的羊兒真是天父的乖孩子。

我感受心靈內有一股催逼力，聖靈又催促我開始另一個任務。

我對小驢的父母說：「驢爸驢媽，我想告訴你們一個答案，你們知道為何你們是小驢的父母嗎？」未信主的他們，茫然搖頭，父在歎息，母的淚痕未乾。

「那請你們留心聽我！我們的神，祂全能全知，小驢未出生，已知她會受許多的苦，因此要挑一對擁有愛心、忍耐、體貼、不言放棄的夫婦來作小驢的父母。不然，小驢的人生會更苦，甚至被拋棄，又或早早夭折。上帝選上你們，就是讓你們成為小驢的天使，你們不是連累她呀！」小驢用力點頭。

驢爸驢媽對我這番話頓時感到錯愕，眼眸閃亮，面上流溢詫異之情。驢媽微微的呼口氣，恍然體悟一個困擾多年的罪疚之心。他們以為將小驢帶來人世，令她受盡皮肉之苦、儀容之傷，一直內疚不安。卻不知道自己給予女兒最重要的是父母偉大無比的愛與親情，令女兒飽享天倫之樂，心靈幸福滿足。

「我很欣賞和敬佩你倆，恕我斗膽，容我代表上帝向兩位致意。」我真的站起躬身。「養育照顧小驢的任務將要完結，別擔心！天父會好愛小驢……」

我與會友白太分享這些片段，她竟然說：「哎喲！這真不是人話呀！肯定是神教你講的！」

10月11日，小驢在父母、弟弟和弟婦、我和一位同工的陪伴下，如睡了的安返天家。

11月12日，我和同工再探望小驢的父母，他們決志信主了。

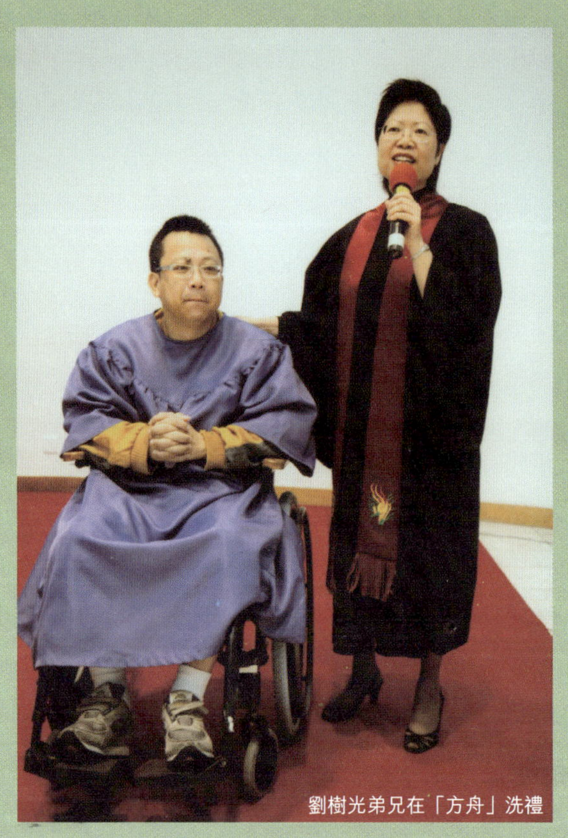
劉樹光弟兄在「方舟」洗禮

令我心疼令我哭

他年輕時因一宗交通意外，導致下半身癱瘓。為了減輕生活負擔，隻身搬到廣州居住了二十年，以修理電腦為生，竟能做出名堂，收入頗豐，生活條件有所改善。由於人緣好，常呼朋喚友到家中玩樂，生活挺愜意；但畢竟念掛香港的親人，剛有鳥倦知還之心時，就證實患腎病，且要每天洗腎，他順理成章地返港生活和求醫。

留醫期間雙腳腫脹，久久不能出院，有四個月被轉到不同病房，他笑言自己成了醫院的「人球」和「院霸」。後來，在「方舟之家」對面的「慈氏護養院」住了九個月，等待派公屋的通知。

一位慈氏院友，亦是「方舟」的會友，人稱菊姐的婆婆，邀請他來「方舟」崇拜。原來在小學五、六年級，有一位信耶穌的男同學，曾帶他返教會，後因大家升上不同中學，見面少了，信仰也疏淡了。大父透過菊姐如慈母般的召喚，他就到了「方舟」來，信主、決志、洗禮、事奉。

神恩待他獲房署派了和兄嫂同一屋邨的單位，兄嫂很好，每日送飯菜給他，生活尚好。

他樂觀幽默，人看來悽慘坎坷的遭遇，在他口中就變成平常輕鬆事。他「凡事謝恩」——腎病令他回港因而信主，感恩！洗肚本是辛苦艱難，卻因下身沒有知覺，與他無關，感恩！他切慕《聖經》，常報讀《聖經》課程，不理路程遠近；他歡喜為神作見證，常令聽者又哭又笑；他樂於助人，常幫人維修電腦和輪椅。一次造訪他的家，更驚歎他的匠心獨運、創意無限。家居設計不單方便輪椅人士，又能在狹窄的空間收藏一台腹膜透析機（俗稱洗肚機），且窗明几淨，「企企理理」，我對他五體投地。

他每晚要洗肚，身體傷殘又有病，沒有復康巴士接送，要由柴灣乘過海的公共巴士到沙田醫院，再轉乘短程復康巴上「方舟」崇拜，就是健全人也嫌路遠，他卻無懼風雨，不怕路遙。

一個主日清早 7 時許，大雨傾盆，我在沙田醫院等專線小巴上「方舟」之際，看見一個由頭到輪椅給一件深藍色大雨褸罩住，遠看似不倒翁的物體漸漸移近，赫然是他！我用怪責的口吻說：「這麼大雨，怎麼還要來?! 萬一病了怎辦呢？」我真的心疼。「柴灣沒那麼大雨，別擔心！我沒事。」躲在雨褸內的他在安撫我。

「小巴來了，我要上車啦，你要小心！若沒有復康巴士，要致電給我，讓我安排人來接你。」說罷，我匆匆的跳上車，發現滿臉水痕，是雨？是淚？

令我心疼令我哭的，是我的傷羊弟兄——劉樹光。

天父恩領下的傷健情緣

911 婚禮

「徐牧師，許或我活不下去了……我今次沒那麼幸運可以出院啦……請你為我祈禱……」聽筒傳來善文在隔離病房給我的電話。聲音斷斷續續，氣若游絲。

這位出生就患有肌肉萎縮症的女孩，體重只得四十磅、心肺功能極弱、呼吸系統毛病多多、進出醫院成平常事，一副纖瘦、單薄、細小的身軀，無損她容顏的清麗，披着長髮，襯托得她秀美脫俗；難得的是她有無比的生命力及對上主不變的信心。

我心情沉重無措，默然求神賜我智慧，去回應和關懷。

「善文，你知自己往哪裏去嗎？」

「我會去見我的天父，我沒有懼怕，卻有遺憾！」

「可否告訴我你的遺憾是？」

「我一直盼望可以結婚，但今次我真的沒把握出院。」她又咳了幾聲。

由於善文如此荏弱，她能返教會的機會不多，但神為她預備了一個健全體壯的弟兄阿 Rai，他在「回聲谷傷健團契」認識了善文，及後發展成為情侶，在人看來是一段匪夷所思的情緣。

她頓一頓，然後喘氣着說：「徐牧師，我想和阿 Rai 結婚，這是我的心願。」善文對我的信任和真誠，令我好生感動。這個晚上，我在電話中為她祈禱，仍記得我說：「天父，祢無所不能，只要祢看為好，求祢成全善文的心願……」

神蹟地，善文過了一次死關，漸漸康復過來，出院回家，那是四年前的事了。

後來，阿 Rai 和善文約見我，告訴我他們要結婚。我是矛盾和擔心的，直陳他們要面對的難處，主要是善文的身體實在太弱了，加上雙方家長強烈的反對，我不諱言：「阿 Rai，你要預計善文會隨時離開，你會成為鰥夫……」我將可能的問題鋪陳，希望幫他們理性地面對這個決定。然而，任我怎說，他們情比金堅，心意相通，沒有任何轉圜的餘地。至終，我們六手相握，求神帶引與成全。

之後整整兩年，他們積極地見婚前輔導，同心地籌備婚禮，為未來的家庭而努力，心堅志決；面對雙方父母的反對，他們百般忍耐，期盼父母的允准。善文為了愛情和婚姻，由病懨懨、弱纖纖的小女子，變成一位銳不可擋的堅強女子，頑強的鬥志，竟令她的身體硬淨起來。阿 Rai 為女友奔波努力，不介懷善文家人的冷待質疑，忍耐着父母的不體諒及難聽的說話，為所愛的人，絕不退縮，擔起男子漢、大丈夫的角色。

為此事我幾次親訪善文家，拜會她信主的父母，為她說項。(其實十分明白為父母者的心懷，多麼擔心女兒會受到情愛的傷害，又怕阿 Rai 未必能承擔和照顧這位「嬌嬌女」) 善文父親直言：「我的女兒如此虛弱，作為父親，有人娶她，本該開心快樂才是，但作為男人，我真的不知怎麼說……所以我問阿 Rai 我的女兒有什麼吸引他，非娶她不可？」我也好想知道答案。

「他說：『先被善文美麗的臉孔吸引，但及後更被她心靈的美麗、對神的信心、對人的愛心所感動，她的生命力比誰都強，我們真的心靈相通……』」為父的吁口氣，搖搖頭：「我真的無話可說。」母親愛女情切，無法釋懷，情緒起伏，既怒且愛，有淚有嗔。

2011 年 9 月 11 日，阿 Rai 與善文終於在父母及眾親友、教會的傳道牧者、弟兄姊妹的見證下，在尖沙嘴婚姻註冊署簽下婚書，成為夫婦。我在歡笑和眼淚交織中，被邀為他倆祝福祈禱。

這些年來，和他們同行的經歷，深深體會〈雅歌〉8 章 6 至 7 節：「因為愛情如死之堅強，嫉恨如陰間之殘忍；所發的電光是火燄的電光，是耶和華的烈燄。愛情，眾水不能息滅，大水也不能淹沒。若有人拿家中所有的財寶要換愛情，就全被藐視。」

玻璃公主

看着昏迷在病牀上，掛着幾條「天地線」的她，心中無限憐惜。青春少艾，樣貌娟秀的麗敏，背後卻有着不尋常的故事……

她出生時，父年十八，母只有十七，他們沒有能力照顧初生、且被證實患有羊癇症的女兒，自此祖父母成為麗敏生命至親的養育者。二十一歲那年，她和嫲嫲走在街上，眼見嫲嫲突然「跣」倒，她自然的反應地想扶嫲嫲一把，沒料到自己卻失去重心，滾下行人隧道的梯級，自此不良於行，成了用輪椅代步的傷殘人士。

自幼缺乏父母的愛錫和肯定，羊癇症亦令她經常進出醫院，影響學業和自我形象，心靈比肉身更傷殘。她開始以自殘麻醉自己——㓟手、狂飲啤酒（高峰期一日十四罐），不斷說謊惹人注意和掩飾過錯，但沒有人明白她心靈的絕望和痛苦。最後，她出現身體的突然反應，隨時昏迷不醒，成了醫院的常客。事實在她潛意識中，希望以此方法逃避現實，借此令家人到醫院探望她。

認識麗敏之初，我經常去醫院探望昏迷的她，在她耳邊說話、唱詩、讀經、祈禱。待她清醒時，我會和她說笑：「『睡公主』終於醒啦！」她有機會返「方舟」崇拜時，我們就派出一位姊妹，如護駕公主般「鳴鑼響道」——不要圍哄她，她怕陌生人和羣眾，也對香味有敏感，塗了香水者勿埋身，輪椅背後甚至掛了「香水勿近」的警示牌，因為兩者都會令她昏厥的。和她熟稔之後，我給她起了一個綽號——玻璃公主。

神恩待我和麗敏同行，得她信任，開始了心靈的對話。上帝在她生命中動了善工，使她經歷主愛的醫治，生命煥發出叫我目瞪口呆的變化。

和麗敏同行五年了，今日的她，擔任教會的執委，打點復康巴士的車務事宜，帶小組和查經；關心院友，聆聽安慰，協助餵食；到突破做義工，多次在陌生人和不同羣眾面前為主作見證；駕着電動輪椅探望老人院的嫲嫲和在醫院的病友，甚至在我事奉的低潮安慰和輔導我。

誰會相信身心嚴重傷殘的麗敏，今天會是如此的模樣，於是我又為她起了另一個新的綽號——玻璃纖維公主。勁！

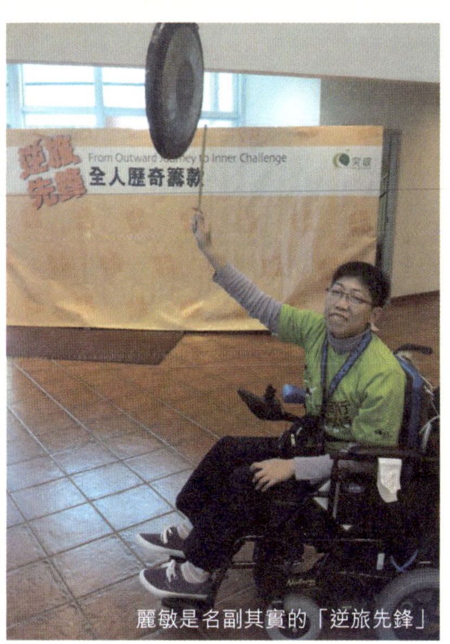

麗敏是名副其實的「逆旅先鋒」

愛‧探訪

住在院舍，坐在輪椅上的阿喜（化名），惡形惡相，于思滿面，不修篇幅。他只得幾顆牙齒，影響説話不清，身材因暴飲暴食而肥胖，身體毛病多多。他最擅長「三字經」，連珠爆發，且聲若洪鐘，是令護士和職工懊惱的「麻煩友」，也是院友退避三舍、人見人憎的惡漢。

十多年來，我去院舍為傷羊開小組。若他在附近，便扯高嗓門狂爆粗口，甚至説侮辱耶穌的話，又或將收音機開到聲震屋瓦，造成滋擾。我由溫柔勸喻到強硬警告，他都無動於衷，一於我行我素，氣得我……拿他沒法。

最近，我知道他入了醫院，也不知何解地動了慈心，跑去醫院探望他，還買了一件蛋糕給他。消瘦了的阿喜正坐在牀上進食，食相有如小孩子，吃得天一半，地一半的一塌糊塗。

他看見我時，露出詫異的表情，也許沒想過有人會來探他吧？

「阿喜，你的身體怎麼樣？醫生有告訴你嗎？」我語氣尚算溫和地説。

他嘴邊糊滿菜和飯，嘰哩嘩啦地說了一大堆我聽不明白的話，算是交代了病情，看得他因我的探望而開心雀躍。

我「大家姐」的性格又來，趁機教訓他一頓：「你呀，知不知常惹我生氣呀……但我知道耶穌愛你，我也學耶穌去愛你，所以今日來探望你……為你祈禱求耶穌看顧，好不好？」沒想到他竟然乖乖地低頭合十。

「我要走啦，要向我說多謝！」他竟然害羞起來，輕輕地說了一句：「多謝！」那凶神惡煞的阿喜不見了，一個純善憨直的阿喜在面前。

及後知道他可以出院回院舍，我也心安了。

自此，我開組他不再滋擾，見到我會微笑點頭，有時更和我搭訕幾句。漸漸地，我覺得阿喜也挺可愛！沒想過一次探望，帶來那麼大的改變，原來令人討厭憎惡的阿喜，內心多麼需要關愛，多麼渴望友誼，你我何嘗不是？

別哭！我做你媽媽

1998 年的母親節，剛到任「方舟」半年。我負責講道，主題自然與母親有關，並將蕭芳芳膾炙人口的《媽媽好》填上新詞作回應詩歌：

生我育我媽媽好，助我長大又長高，

其實我心深知道，媽媽一生盡辛勞；

千句萬句媽媽好，育養之恩比天高，

祈願媽媽青春不老，好將恩惠報。

唱詩時，禮堂內突然傳來嚎啕大哭聲。我定一定神，環顧全場，發現哭聲來自二十多歲的傷羊姊妹小芬。小芬是不能言語的，平日連咿咿呀呀都沒一聲，這次事出意外，大家都嚇了一跳，同時又傳來小珍和小華的嚎哭，她們此起彼落的「三重喊」響徹整個禮堂。會眾不知所措，站在講台的我也不知如何是好，呆呆地望着三個大喊娃娃。當日恰巧有幾位來賓在「方舟」崇拜，做傳道十多年，從未如此尷尬，心中暗自反省：我說錯什麼呢？哪裏觸及羊兒的傷痛？會眾的眼睛都盯着我，替我乾着急外，也看我怎樣應對如此局面。

「各位，『方舟』是一個既可同笑，又能同哭的羣體，現在我們有三位姊妹觸及傷心處，就讓她們抒洩一下吧。」大家真的按我的建議乖乖地坐在座位上，聆聽「哭聲三重奏」。兩三分鐘後，她們仍中氣十足的哭個不停。我不禁想，也許這是她們積壓多年的苦楚和傷痛，但為免她們哭至天長地久，我說：「請幾位姊妹帶她們出去抹抹淚、擤擤鼻、安撫安撫。」三位姊妹醒目快捷地推走三位輪椅上的淚人兒。

崇拜完了，我和來賓解釋剛才的情況，他們都異口同聲地說：「『方舟』真是一間特別的教會，好真情！你在『方舟』的事奉真的極不容易！」我剛履新不久，對會友的認識十分皮毛，便向一位熟悉她們的姊妹問箇究竟。原來小芬是被父母遺棄的孤兒，一時感懷身世，不能自已；小珍和小華也想起自己的媽媽，於是哭作一團，這三朵「淚的小花」令我的事奉畢生難忘。

我走到小芬身旁，她仍在悽悽愴愴的一把鼻涕一把淚，一見我來，又「擘大喉嚨」的勁哭，我俯身對她說：「小芬，我知道你的爸媽不要你，但天父愛你，我也愛你，別哭！我做你媽媽，好不好？」小芬聽罷，突然用雙手圈着我的腰，向我投懷送抱，破涕為笑的頻頻點頭，她的眼淚鼻涕糊濕了我的衣襟。我擁着小芬，淚眼已模糊……

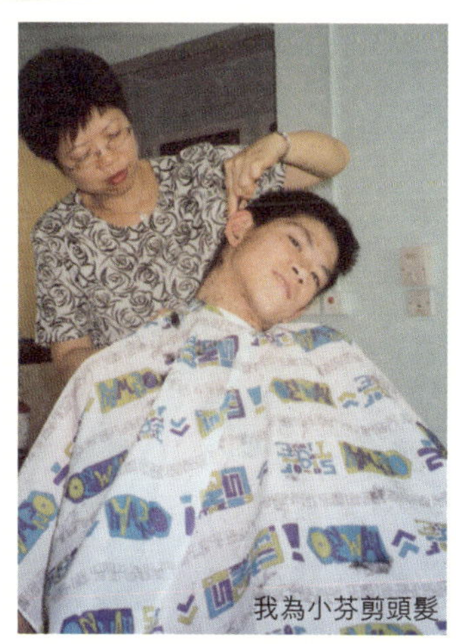
我為小芬剪頭髮

「方舟」傷健旅行，前排右一是我。

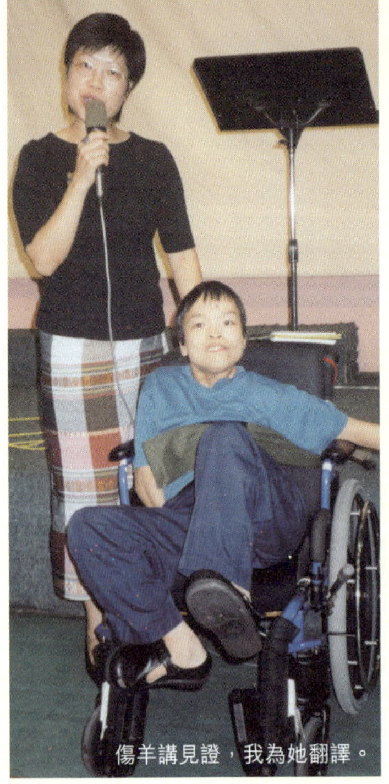

傷羊講見證，我為她翻譯。

左為玻璃公主與好友

帶傷羊去飲茶

陪傷羊去老人院探望他的母親

為傷羊洗禮

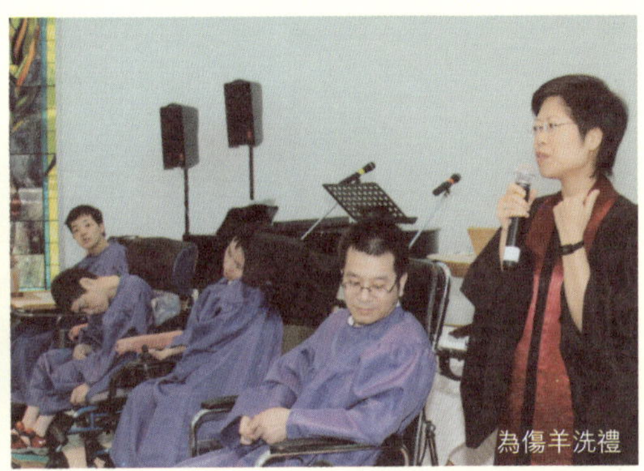
為傷羊洗禮

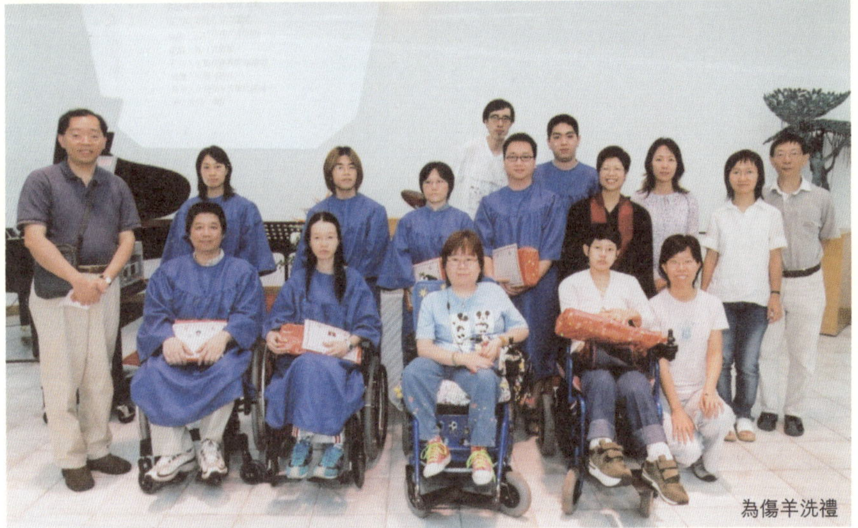
為傷羊洗禮

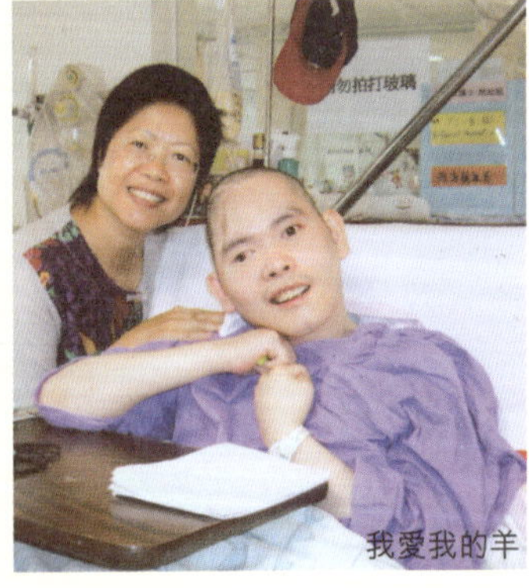
我愛我的羊